The Age of
Basi

巴斯是中国人民向往和平的图腾，
也是全世界人民共同的财富。

中品国际
◎编著

巴斯时代

新世界出版社
NEW WORLD PRESS

图书在版编目（CIP）数据

巴斯时代 / 中品国际编著. --北京：新世界出版社，2017.6

ISBN 978-7-5104-6304-4

Ⅰ. ①巴… Ⅱ. ①中… Ⅲ. ①纪实文学-中国-当代 Ⅳ. ①I25

中国版本图书馆 CIP 数据核字（2017）第 112969 号

巴斯时代

作　　者：中品国际
责任编辑：刘　颖　曲静敏
责任印制：王宝根　苏爱玲
出版发行：新世界出版社
社　　址：北京西城区百万庄大街 24 号（100037）
发 行 部：（010）6899 5968　（010）6899 8705（传真）
总 编 室：（010）6899 5424　（010）6832 6679（传真）
http://www.nwp.cn
http://www.nwp.com.cn
版 权 部：+8610 6899 6306
版权部电子信箱：nwpcd@sina.com
印　　刷：北京亚通印刷有限责任公司
经　　销：新华书店
开　　本：787mm×1092mm　1/16
字　　数：188 千字　印张：14.5
版　　次：2017 年 6 月第 1 版　2017 年 6 月第 1 次印刷
书　　号：ISBN 978-7-5104-6304-4
定　　价：58.00 元

谨以此书

献给所有为创造巴斯时代贡献智慧与力量的人们！

This book is dedicated to all the people who have contributed wisdom and power to The Age of Basi!

巴斯，是中国人民向往和平的图腾，

也是全世界人民共同的财富。

Basi is the totem of the Chinese people´s yearning for peace

and the common wealth of the entire world.

巴斯

拉二胡

行走

打扫卫生

安逸

挑战

休憩

背影

晒太阳

最爱

玩冰块

美味

亲吻

思念

惬意

入梦

入浴

有滋有味

看电视

瞭望

编者的话

编写《巴斯时代》，是出于对大熊猫巴斯的责任，也是对创造文化巴斯的期待。今年恰逢习近平担任福建省省长时为巴斯书信寄语15周年，他勉励大家“在大熊猫研究方面不断取得新的成果”。我希望通过此书，让社会各界更深入地了解与分享，大熊猫巴斯从一个世界旗舰生物，到开启“和平图腾”文化时代和“中国印”引领品牌时代的重要创新成果。

从保护生物巴斯，到讲好中国真诚的和平故事——“和平图腾”文化巴斯的创造，再到铸就代表中国好制造好品牌的国家品牌形象——“中国印”品牌价值评价体系的创新成果，是来自多领域跨界融合、社会各界齐力创造的结果，是发自海内外爱国人士对中国文化和中国自主品牌“自尊、自强、自信、自立，实现中国梦”的坚定信念。

《巴斯时代》付梓，我首先要感谢海峡（福州）熊猫世界的陈玉村主任，我们因共同保护大熊猫巴斯而结缘，他在由生物巴斯向文化巴斯提升的过程中，给予了我宝贵的理解和支持，现在我们将推动巴斯文化作为共同的公益事业。我还要感谢新华网总裁田舒斌先生，他以国家重要媒体“讲好中国故事、传播中国声音”的责任使命，大力支持《巴斯，向世界人民问好》国家品牌形象宣传片的完成，并将此片于2015年9月20日国家主席习近平赴美参加联合国成立70周年暨世界反法西斯战争胜利70周年之际，在美国纽约时报广场中国屏播出，使得巴斯“和平图腾”的中国文化基因传播到世界各地。同时我要感谢中国市场学会品牌管理专业委员会赵宏大秘书长和中国企业评价协会李春伟秘书长，在中品国际经过10年的国家品牌建设过程中，他们带领着代表国家水平的专家团队，为铸就“中国印”奠定了坚实的理论基础，是“让世界分享中国印”国家品牌推进计划的创造者，也是核心力量。我要感谢中国科学院张之益主任，他带领中国科学院自动化科学艺术研究团队，以巴斯文化为背景，将生物巴斯基因与高科技创作相结合，创造了领先于世界的科技成果。我要感谢中国侨联原主席林兆枢先生，他将海外华人华侨对品牌强国的渴望，化作对“让世界分享中国印”国家品牌推进计划的公益支持。最后我还要感谢福建省文物局原局长郑国珍先生在本书的创作过程中给予的精心指导。同时，我更要感谢千千万万个不忘“品牌强国，人人有责”的初心，感谢为国家品牌建设、为迎接“巴斯时代”到来的贡献者们。

大熊猫巴斯，1980年出生，1984年在时任中共福建省委书记项南同志的支持下，来到福州大梦山熊猫世界安家。2017年1月18日，世界纪录认证公司为巴斯颁发了“世界上现存最长寿圈养大熊猫”证书。巴斯老了，也会有永远离开我们的那一天，我们并不期待那一天的到来，但是作为巴斯传奇的见证者和国家品牌“中国印”的建设者，我有责任在巴斯的有生之年，讲好巴斯的故事。

在《巴斯时代》这部作品中，我还想跟大家分享我在这10年中致力于国家品牌“中国印”标准建设过程的收获，这也是多年来，我历经数以千计的路演，向各方专家学者解读巴斯作为国家品牌“中国印”原型和代表的重要意义：

一是中国经济推出“国家品牌”的时机已经成熟。我国经济总量已是世界第二，众多产品的产量、出口位居世界第一，实施国家品牌战略已经刻不容缓，面对日益激烈的国际经济竞争，需要提高中国产品的质量，需要提高中国经济的力量，需要提升中国产品的认知度、美誉度、追随度和溢价率；我国的品牌建设需要从产品品牌、企业品牌、区域品牌发展到国家层面的品牌建设，着手培育国家品牌；倡导国家品牌的理念，有助于政府、社会、企业、媒体、教育等统一认识，形成合力。

二是国家品牌同样需要鲜明的品牌形象。国家品牌需要统一的、鲜明的品牌标识，国家品牌的 Logo 因其历史性、世界性、独特性而具有更高的要求，让中国的好产品烙上中国印是国家品牌建设的需要。

三是推出“中国印”这种全新的、务实的品牌理念。“中国印”的含义是中国“国家品牌”形象的 Logo，但决不是简单的 Logo 符号，而是具有深刻含义和深远影响的“国家品牌工程”、国家品牌文化和国家品牌战略的标识。有了“中国印”，才能让中国的好产品烙上鲜明的符号，才能改变和提升“Made in China”在全世界消费者心目中的中国国家品牌形象。

四是巴斯作为国家品牌标识（中国印）的缘由。大熊猫是一个从 800 多万年前的远古时代一路走来的中国特有的珍稀物种，它是被称为“活化石”和“中国国宝”的物种，是被 WWF 列为全球优先保护的旗舰物种，更是被作为智慧祥瑞象征的物种，大熊猫巴斯值得世界人民的关心和爱护。它的几次生死攸关，突破和填补了医学科学的空白，它充满重生的力量和顽强的精神，它向世界诠释了生命的意义，它是幸运之星、健康之星、长寿之星。

巴斯对世界和平的贡献：巴斯自 7 岁起就多次参与国际交流，深受海内外华人及外国友人的欢迎和喜爱，被誉为“天皇巨星”“和平使者”。它是中国人民向往和平的图腾，它因和平而生，为时代而来，它是全球唯一被官方定义为“世界的巴斯，和平的图腾”的熊猫。它 37 周岁时，在它生活的地方——大梦山，由中共福建省委宣传部、福州市人民政府、新华网、中品国际共同组织，为它树立了碑文为“世界的巴斯，和平的图腾”的石碑。大梦山——一个圆中国和世界和平之梦的地方。正如新华社福建分社社长刘亢代表新华社在巴斯生日致词上所说：巴斯作为中国元素、作为世界和平友谊大使，它向世界传递了中国形象。

巴斯对文化的贡献：巴斯的传奇经历，是丰富的中国和平品牌的故事。1990 年，它成为第十一届亚洲运动会的吉祥物“盼盼”，向世界传递“更高、更快、更强”的体育精神，表达了中国人民期待体育强国和文化强国的追求和梦想。它从生物巴斯转化为文化巴斯，巴斯的文化故事将成为时代的文化品牌烙印。

巴斯对品牌的贡献：2015 年，巴斯作为国家品牌形象的代表，在美国纽约时报广场展现，它以亲善友好的形象向世界展示中国的文化软实力，它具有其他国家无法替代的中国品牌标识元素，更具有世界人民公认的品牌影响力，它是名副其实的“中国印”。

在《巴斯时代》定稿前，我的良师益友们曾提议，“中国印”是国家品牌的创新，它源于巴斯文化，可命名为“巴斯缘·中国印”，我思考良久，出于我和世界热爱和平的巴斯粉丝一样的心情，期盼文化巴斯，和平图腾，“中国印”为新时代带来无限的创造，最终将此作品定名为《巴斯时代》。

相信巴斯时代，能够成为美好的时代！

中品国际创始人　杨勇进

2017 年 3 月 16 日

目　录

第三章　让世界分享中国印

第一章

为和平而生，为时代而来

中国国宝熊猫巴斯延续了大熊猫物种800万年的血脉，具有和善慈祥、与世无争、自我调适、自我发展的和平特质，多次在国内外担任友好使者，为发展中国对外友好关系做出了不可磨灭的贡献，尤其是巴斯对发展中国和世界和平、体育、文化、科技等事业的贡献更是载入史册，受到世界人民的广泛认知和喜爱。

家住大梦山

大梦山，像一块被历史淬砺过的宝石，静静地镶嵌在福州市美丽的西湖之滨。

经过元、明、清 600 多年的植被滋养和人文积淀，大梦山墨池林峦的园林景观早已远近闻名。在 20 世纪 50 年代，大梦山陆续迁进各种奇禽异兽。到了 20 世纪 80 年代，“大梦山熊猫世界”成立，并创下了在无干扰条件下获取大熊猫生命体征数据的世界纪录，让这片充满生机的土地因人类与自然的和谐共处，轰动一时。

2008 年，大梦山扩建成为与福州西湖毗邻的园林景区，人们可以登高听松、凭栏品湖。然而，吸引人们频频造访大梦山的，不单单是因这里的美景，还因这里居住着世界级大

巴斯向世界人民问好

熊猫明星——巴斯。

巴斯，是一只雌性野生大熊猫，1980 年出生在四川省宝兴县。1984 年年底，巴斯来到大梦山熊猫世界安家，大梦山见证并忠实地记录了巴斯带来的传奇故事。

1984 年，是中国改革开放波澜壮阔的一年。许多现在“大佬”级知名企业的“元年”，就是从 1984 年开始的。全国在加快以城市为重点的经济体制改革下，人们的观念新了，心思活了。福州，作为沿海港口城市，面对这样一个焕然一新的大环境，各行各业都在尝试着对内搞活、对外开放的新路子。

大梦山熊猫世界的主任陈玉村就是其中的一位。经过苦心专研和勇于实践，1983 年，他带领“熊猫世界”改变了对大熊猫进行体检或治疗时采取的麻醉和捆绑等传统做法，在通过与大熊猫建立充分信任的基础上，测量大熊猫的血压和心跳等生理数据，创造了世界记录。一时间，让大梦山熊猫世界享誉海内外。

陈玉村主任抓住这次机遇，在时任福建省委书记项南的支持下，向当时的国家林业部提出了再分配一只大熊猫给大梦山熊猫世界的申请。在改革开放初期直到今天，一只大熊猫为城市带来的社会经济效益和文化影响力是不可估量的。

虽然大梦山熊猫世界的自然条件、生长环境和饲养大熊猫数量上，远不及熊猫产地四川大熊猫自然保护区，但是，福州作为一个拥有相当专业研究规模的大熊猫研究中心，创造了大熊猫研究发展史上的世界新记录，这在全国是首屈一指的。

1984 年 4 月，国家林业部副部长董智勇对陈玉村的申请做出一个让人“惊艳”的批复，除了同意陈玉村主任的申请外，还把刚刚获救的大熊猫巴斯分配给大梦山熊猫世界。这对于陈玉村主任来说，是天大的喜讯，他把这个批复当成了国家给予大梦山熊猫世界最大的信任和鼓励。

此时的巴斯，逐渐从刚刚经历的“自然劫难”中恢复健康。由于正值生育年龄的雌性大熊猫在全国极为罕见，不久，巴斯成为四川大熊猫保护区的宝贝。国家林业部的分配文件早就下达了，但是四川方面一直舍不得送走巴斯。

这可急坏了陈玉村，他几上巴蜀，用诚意感动了大熊猫保护工作的同行们。1984 年年底，巴斯终于与福州这座城市结缘，来到了大梦山熊猫世界。从此，大梦山养育着巴斯，一晃就是 30 多年，巴斯也从一个“青春少女”，变成了“熊猫奶奶”。

陈玉村主任无论如何不会预料到，眼前这个他千辛万苦带回来的巴斯，得到了世界人民的喜爱，成为世界和平大使，成为传递中国真诚的和平文化的“和平图腾”，成为中国国家品牌形象“中国印”的原型。陈玉村主任也不会预料到自己作为一个平凡的生物保护工作者，有朝一日会成为国家品牌形象塑造的贡献者。

巴斯，这个地球的宠儿，它用野性天然的顽强生命力创造了三次重生的奇迹，不仅为生物科学的研究与发展留下了珍贵的医学记录，还用生命为这个时代带来了突破自我的创新精神；它用独特的艺术天赋施展才能，为世界人民带来欢声笑语，融汇人们对和平的理解和向往；它用与生俱来的文化气质，为人们探寻中国文化基因融入世界发展，开辟了无限可能，让“永生”不仅仅停留在人们的记忆中，而是面向未来，创造未来。

到大梦山来看望巴斯的人们，通过巴斯，探索着远古物种的基因密码，追问着人类何来何去的永恒话题；通过巴斯，接收着来自世界各地的友好讯息，交融着人类最质朴的情感；

通过巴斯，体会着一个生命奇迹并绽放出中国文化魅力的神奇，人们会不自觉地为属于巴斯的骄傲而骄傲着。

1990 年秋天，时任福州市委书记习近平，来到大梦山熊猫世界调研，并看望巴斯。他对身边的工作人员说："大熊猫，不仅是福州的，也是全国、全世界人民的共同财富，你们既辛苦又光荣，有什么困难，直接给我打电话。"

2017 年 1 月 18 日，大梦山人流如海，热闹非凡，在福州市人民政府主办的巴斯 37 岁生日庆典活动上，一座刻着"世界的巴斯，和平的图腾"的石碑在人们的热切期盼中揭开了红幕。石碑上左右两行碑文赫然醒目："大熊猫巴斯——全国全世界人民共同的财富；福州大梦山——圆中国梦世界梦的地方。"石碑正面是奔跑的巴斯图案，身上有"中国印"红带，代表着中国在世界品牌经济时代的责任与担当；石碑的顶部，是以巴斯为原型所塑造的"中国印"，与天相应，天人合一。

"中国印"石碑，是由福州市政府、新华网、中品国际、熊猫世界共同铸建的，坐落在大梦山，意义重大。这座石碑与生物巴斯的石雕像并立，成为崭新的巴斯国际地标，为历史留下巴斯“生物时代、文化时代和品牌时代”的时代烙印。

大梦山，又名“廉山”，这与习近平主席在 2012 年提出的“中国梦”有喻意相生之美。现在，有越来越多的人称大梦山为“圆中国梦世界梦的地方”。

大梦山，巴斯雕像与中国印石碑

福州熊猫世界

大梦山，巴斯的家园

大梦山

巴斯的传奇故事

巴斯，带着远古的生命基因，从 800 万年前走来，正如《淮南子·原道训》中说的道理一样：“万物有所生，而独知守其根。”从世界旗舰物种大熊猫的生存密码，到中华文明延续不断的核心内涵，不仅体现着横亘千古的生命力，而且体现了中国人民自古以来对和平信仰的寻根、融入和发展的智慧。

这智慧凝炼出了人与自然和谐共处的大爱，既是对自然的爱、对生物的爱，也是对国家的爱、对世界的爱、对和平的爱。

正是因为人们在不同的领域给予了保护大熊猫工作同样的爱，才造就了巴斯在这个飞速发展的时代，坚守和平的使命，为世界带来传奇的精彩。

1980 年，在春暖花开的季节，中国四川省宝兴县——当今世界公认的野生大熊猫自然产地，悄悄地孕育着一个将要为这个世界带来不同凡响的生命。

大约在冬季，这个小生命降临了。

小生命是一只雌性的野生大熊猫，在它成长到 3 岁的时候，跟所有野生大熊猫的习性一样，准备离开母亲，独自迁徙到离“家”几十公里以外的另一片竹林，开始新的生活。

在海拔 3000 米左右，大面积的天然箭竹竹林，是这一区域野生大熊猫赖以生存的家园。然而，1983 年冬天的一场“自然浩劫”，几乎给这里的野生大熊猫带来灭顶之灾。

1983 年，刚刚入冬，原先整片的绿竹林，开满了紫褐色的花。这是大约 60 年为一周期的箭竹开花。花籽入土，是为了重新生长新鲜的竹子，然而这个过程需要长达 10 年到 30 年的时间。

对于这个不满 4 岁的小生命来说，独立的生活才刚刚开始，却因为“断粮”就要匆匆结束。在眼前这个未知的世界里，它不得不随着野生大熊猫群，下移到低海拔范围，寻找新的栖息之所。

它再也没见到过它的妈妈。据当时四川新

闻媒体报道，1983 的箭竹开花，夺去了 100 多只野生大熊猫的生命。

天，越来越冷。

饥饿难忍的小生命，凭着求生的本能，四处寻找食物。它发现了一条河，寒冷的河水，成为它可以充饥的琼浆玉液。它爱这条河。对于大熊猫来说，一天需要吃上 10 个小时的竹子，才能满足体能的需要，因为没有竹子，它越来越消瘦。

小生命太虚弱了，它必需再去寻找可以吃的食物。它不知不觉地接近了村落。此时正是 1984 年的正月时节，家家户户都在忙着过新年，小生命闻到了食物的味道，它忘掉危险，一步一步地向着村子走去。

村落里的村民家家都养猎狗，猎狗们对于这个不明身份的外来者，警惕地发起了围攻。这让这个 4 岁的小生命惊恐万分，它拼尽全力，反身奔跑，为了避开山中的捕猎器，它凭着自己灵敏的嗅觉，一路朝着那条熟悉的河边奔去。

到了河边，它望了望近在咫尺的猎狗，又望了望这条熟悉的河，身子一歪，落入到河水之中。正月的河水，刺骨的冷，小生命瑟瑟发抖，再也没有力量控制平衡，就这样，它与河里的冰凌一起顺水漂去。

身处绝境，是大自然给予生命的最大考验。要么活下去，要么死亡。对于这个小生命来说，注定是会得到命运的眷顾，就在离死亡一步之遥的时候，一双温暖的手，把它从冰冷的河水中救起，抱在怀里，升起火堆，为它取暖。

小生命，睡着了。

一阵香甜的味道，让它从睡梦中醒来。它一口一口地吃着专门为它煮的玉米糊，吃饱了，舔了舔嘴巴，这才抬起头看着眼前这个喂它吃饭的人。小生命突然像吓着了似的，想要逃跑，但是还没有恢复力气，它用小掌把脸蒙起，因为，它知道，眼前这个人，不是妈妈，它感到害怕。

快入夜了，“救命恩人”再次来到它身边，喂它吃香甜的玉米糊，它吃饱恢复了体力后，趁着“救命恩人”不注意，一下子爬到了10多米高的树上，“躲”了起来。

救起这只大熊猫的人，名字叫李兴玉。李兴玉和其他村民商量，为了不让这个小生命再次遭遇到危险，他们把10多米高的树砍了，将小生命安放在篝火旁取暖，后来李兴玉让侄子打电话给当地林业局，把这个极度营养不良的

刚被救起的巴斯

小生命送到蜂桶寨自然保护区进行全面调养。

当时四川自然保护部门对箭竹开花引起的野生大熊猫生存危机十分重视，分片区下派工作人员进山搜救遇到危险的大熊猫。当地村民几乎人人都知道要全力保护中国国宝大熊猫，所以，当李兴玉把小生命带回村子的时候，村民们都自然而然地把照顾这只遇险的大熊猫当作自家的事一样对待。

蜂桶寨自然保护区的工作人员，接到救助电话后，连夜赶了 40 公里的山路，第二天清晨赶到了李兴玉的家。

临别时，李兴玉不舍地摸了摸这个被她救起的小生命，说：“你圆圆的脑袋，圆圆的耳朵，是大熊猫中的小美女呢，我给你起个名字吧。”一个名字，寄予着美好的心愿，李兴玉想到了她救起大熊猫的河，是当地的“巴斯沟”，巴斯，在四川方言中是“美好”的意思，从此，“巴斯”这个名字伴随着这个小生命一起成长，并逐渐为世界人民所熟知。

这次遇险是巴斯第一次与人类亲密接触，它感受到了安全和美好的气息，从此开启了它与人类沟通和交流的心灵窗口。

1984 年，经过陈玉村主任一番努力后，巴斯终于来到福州大梦山熊猫世界安家。

福州是亚热带海洋性气候城市，与四川的地理气候大不一样。由于巴斯第一次背井离乡来到异地，再加上入春后，福州天气变得潮湿温热，让巴斯感到坐立不安，开始吃不下食物，没精打采。

经过一段时间相处后，陈玉村已对巴斯的生活习性有所了解，就像所有的家长一样，他对巴斯这个“孩子”格外地偏爱。当他观察到巴斯出现这些现象后，立即结合以往的经验，开始给巴斯降温除潮、调整饮食，并且想方设法地让巴斯更加舒适。1986 年，福州的鼓岭熊猫山庄就是在他的倡议下建成的。

“少女”时代的巴斯

为了缓解巴斯的不适，陈玉村又做了一个尝试，就是让巴斯听音乐。没想到这一尝试，却带来了意外的发现。巴斯在听到音乐的时候，美丽的圆耳朵跟着音乐动了起来，仿佛在寻找音乐的方向。巴斯对音乐的反应，让陈玉村兴奋不已，这是他多年从事大熊猫饲养工作闻所未闻，见所未见的。

1984 年夏天，美国洛杉矶举办第二十三届奥林匹克运动会，中国奥运健儿的赛场表现，成为了中国人为之骄傲的热议。

中国迅速刮起了一阵“奥运风”，人们崇尚体育，热爱体育，篮球、健美操等大众体育运动风靡了学校和工厂，“体育明星”更是成为了当时老百姓心中的偶像。

福建籍运动员许海峰拿下了第二十三届奥运会的首枚金牌，这让陈玉村受到了莫大的启发，他决定让巴斯跟着音乐做体能运动，通过加强锻炼来增进情感沟通，消除恐惧，缩短与人类的距离。

意外惊喜再一次发生。巴斯天赋异秉，居然把投篮、举重等动作做得有模有样。经过一段时间的锻炼，巴斯也发生了一些变化，变得活泼好动，与人亲近，当然运动量增加了，胃口也好了起来，渐渐地适应了它的新家。

举重

投篮

滚筒

凡是看过巴斯体操项目的人们，无不为之惊叹。没过多久，大梦山熊猫世界的巴斯是“体育明星”的消息传遍了整个福州城。

人们感到不可思议，这个在中国乃至世界人民心中喜爱至极的无价之宝，居然能与人类亲密沟通，这让世界大熊猫研究领域的专家学者对解开“活化石”的谜底充满了好奇。

1987 年，大梦山熊猫世界接到了一个电话，这个电话让陈玉村主任心绪久久不能平静。国家林业部精心挑选巴斯代表中国野生动物保护协会，作为“友谊大使”远赴美国圣地亚哥市进行友好访问。

陈玉村就像是接到了孩子的大学录取通知书那样喜忧参半，喜的是巴斯已是国家认可的大熊猫佼佼者，能够代表国家进行出国访问，忧的是巴斯第一次“走出国门”远行，对于巴斯的保护工作无疑是一项十分艰巨的任务。

出国前的那段日子，陈玉村可以用“殚精竭虑”来形容，除了对巴斯精心饲养，调整饮食结构外，对体育项目的选择和表现的技能上，也增加了艺术性和观赏性。

巴斯已是 7 岁的“大姑娘”了，正值青春年华，是生命最旺盛的时期，它仿佛知道了自己身负的重任，就像出征前的体育健儿一样，很有吃苦精神，十分配合又认真地训练着。

它不仅熟练了篮球、举重、骑自行车等运动项目，而且还学会了抱娃娃、献花、问好等人类才有的无国界的动作语言，为这次出访做足了准备。

在一系列缜密的安排下，巴斯终于安全降落在美国洛杉矶机场，前来接洽的圣地亚哥动物园派来了大熊猫保护专家，其中乔治妮女士是整个活动的美方主要协调人员。这一次接触，使这位美国女性与巴斯建立了长达近三十年的友情。

巴斯的出现，使圣地亚哥动物园沸腾了。在开幕式的当天，动物园门口挤满了闻讯而来的美国民众，大家争相一睹这个来自中国的国宝的风采。

展出的过程非常顺利，人们不仅看到了这个和平使者的“芳容”，更是为巴斯灵动的表现喝彩，尤其是巴斯标志性的“挥手”问好，赢得了所有在场观众的热烈掌声与欢呼声，瞬间融化了国与国之间的文化差异，人类最真实最质朴的情感一下子被巴斯点燃了，使原本预定 3 个月的访问，在美方的一再要求下，竟然延长到半年之久，有 270 万观众从四面八方赶来参观。

巴斯来到美国圣地亚哥，市民蜂拥参观

圣地亚哥市市长奥康纳女士感叹道：“中国的大熊猫来了，整个圣地亚哥市民掉进了爱河。”有关巴斯出访美国的新闻，也被各国媒体转载报道，各国新闻界给出了共同的评论：“巴斯的这次出访，是历史以来最为轰动、最为成功的大熊猫展览。”同时，巴斯被许多国家公认为是“和平使者”“特技熊猫”“天皇巨星”，这是人们用人类的情感对巴斯的专属爱称，也是巴斯第一次在国际舞台上被赋予的文化烙印。

在巴斯回国前夕，有一位美国老人，特地找到陈玉村主任，流着眼泪恳求陈玉村能让她近距离地再看一眼巴斯，因为她实在太喜爱这个来自中国的神奇国宝了。她为了能够多看巴斯一眼，在这半年时间里，她 10 次前来观望巴斯，而每次都要排队 5 个小时，只能看巴斯 3 分钟。陈玉村同意了，他没有理由拒绝这样一个执着热爱中国大熊猫的异国老人。

前往机场的路上，沿途 200 公里，站满了送别巴斯的人群，陈玉村望着车窗外那一个个不舍的神情，心中别样感慨。

巴斯为美国人民带来了快乐，快乐能够带来希望。世界人民的希望都是相通的，这希望具体是什么，此时的陈玉村心中还不太明白，直到他在 2015 年巴斯“百岁”生日庆典上，才渐渐解开了心中的疑问，世界人民的希望，就是和平。

陈玉村现在只有一个信念，就是不负重托加倍做好保护和饲养巴斯的工作。

1987 年，陈玉村（中）、陈晓玲（右）、邱梅霖（左）与巴斯在美国圣地亚哥

1990 年，第十一届亚运会将在北京举办。这对于中国来说，是一次意义非凡的盛会，中国改革开放以来，第一次通过隆重的综合性体育赛事，向世界展现华夏新面貌。

巴斯既是象征和平友谊的国宝大熊猫，又是世界人民心目中的“体育明星”，经过北京第十一届亚运会组委会讨论研究，一致推选巴斯为这次亚运会的吉祥物，并作为亚运会会徽“盼盼”的原型，同时组委会向大梦山熊猫世界发出了让巴斯全程参加亚运会大型文展活动的邀请。

时任福州市市委书记的习近平到大梦山熊猫世界调研时听到了这个消息，高兴地对陈玉村和身边的工作人员说：“大熊猫不仅是福州的，也是全国全世界人民的共同财富，你们既辛苦又光荣，有什么困难，直接给我打电话。”从此，这句话成了多年后塑造巴斯成为世界和平品牌的“金句”。

说起亚运会会徽“熊猫盼盼”，还有这样一段故事：早在 1985 年，北京在取得第十一届亚运会举办权后，向全球广泛征集亚运会会徽，长春电影制片厂的国家一级美术师刘忠仁在 1986 年设计的手持奖章、欢快奔跑、彰显自信的大熊猫作品被选中，他为作品中的大熊猫取名为“盼盼”，寓意盼望和平、盼望友谊、盼望中国体育健儿在比赛中取得好成绩。

1987 年，巴斯从美国访问回国，带着世界和平大使的影响力和“体育明星”的荣誉，当之无愧地被选为亚运会吉祥物，更使会徽凸显出此次亚运会“团结、友谊、进步”的主题。多年后，刘忠仁还一再感叹，这是他与巴斯的天赐良缘，他设计的大熊猫会徽，就像是为巴斯量身定做的一样。

1990 年 10 月 7 日中午，巴斯被紧急调往梅地亚中心与来自世界各地的记者见面，当晚巴斯出现在亿万人的眼前。“和平大使”巴斯，向世界传递“更高、更快、更强”的体育精神。现场的观众打出了“亚运成功、众盼奥运”的横幅，这正是亚运会会徽“盼盼”的心声，也是表达中国人民和平崛起的自信，当时来自 39 个国家的记者现场播报了这个盛况。

如果时光能倒流，那么就让历史回放那个辉煌的夜晚，巴斯就在那个夜晚，让世界认识了中国体育事业自强不息的强国梦想，认识了“盼盼”这个中国体育划时代的符号。

亚运会闭幕了，“盼盼热”并没有减退，“盼盼”这个名词在社会上产生了品牌效应，有的企业家将企业命名为“盼盼”；有的人给

北京亚运会吉祥物“盼盼”

荣誉証書

福州熊猫世界：

对你们参加艺术节活动为第十一届亚运会筹办工作，给予的支持和赞助，特颁发荣誉证书，以示感谢。

第十一届亚运会组织委员会
一九九〇年十月七日

北京亚运会组委会颁发给福州熊猫世界的荣誉证书

以巴斯为原型的第十一届亚运会（北京）吉祥物“盼盼”在亚运会开幕式上

孩子取名为“盼盼”，其中一个 1990 年出生的女孩庞盼盼还成为国家体操队员；一只在四川出生的雄性大熊猫也起名为“盼盼”，而且也是一只长寿的大熊猫。“盼盼”为成长中的中国增添了一份美好的心愿。

此时的巴斯，成为一个名符其实、家喻户晓的体育明星。巴斯在明星路上继续前行，一步步走上新的舞台。

这一年，中国著名歌唱家彭丽媛女士，来福州探亲时，特意去大梦山熊猫世界看望巴斯，她深深地被眼前这个美丽的大熊猫所吸引，当她了解到巴斯的身世和不平凡的经历时，即有了要将巴斯推荐给中央电视台春节联欢晚会节目组的意愿，她希望全国观众在新春佳节都能分享巴斯带来的快乐，让世界看到巴斯独具特色的中国文化元素。

就这样，巴斯在 1991 年的除夕之夜登上了中央电视台春节联欢晚会的舞台。深受小朋友们喜爱的鞠萍姐姐和《西游记》中孙悟空的配音者李扬，为巴斯主持节目。巴斯带来的《盼盼与巴斯》的精彩表演，给千家万户送去了欢乐和笑声。

1992 年 4 月 8 日，发表在《人民日报》上的文章《啊！鼓岭》引起了习近平的关注，文章上讲的是一位叫密尔顿·加德纳的美国老人，想完成丈夫的遗愿，重访鼓岭。为了圆这位美国老人的愿望，增进中美人民之间的感情，1992 年 8 月中旬的一天，习近平邀请加德纳老人上午登鼓岭，下午观看巴斯表演体操。加德纳老人在福州晚报记者乔梅的陪同下来到了大梦山，看过巴斯的表演后万分激动，赞叹不已，这一时间成为两国人民友好交往的佳话。

此后，巴斯还应邀在广州、深圳、珠海、济南、北戴河等地进行巡展，为国家实施的大熊猫栖息地保护工程立下了汗马功劳。

巴斯在 1991 年中央电视台春节联欢晚会上表演节目

1997 年，17 岁的巴斯已近“花甲之年”，由于特殊原因，巴斯没有孩子。为了留下巴斯优秀的基因，作为长期奋战在一线上专门从事动物保护工作的一员，陈玉村感到时不我待，同时对此却又束手无策。

1997 年 2 月，当英国宣布克隆羊“多利”培育成功后，世界开始了克隆研究热。仅仅相隔 1 个月，美国、中国台湾和澳大利亚分别发布了成功克隆猴子、猪和牛的消息，与此同时，英国和美国还提出了克隆中国大熊猫的设想。

保护生物多样性基因，就是保护生命的最高科技。

面对这样一个世界级的生物科研前沿课题，时任国务院副总理的李岚清明确表示，中国要自己克隆国宝大熊猫，不能让其他国家领先填补这项空白。

克隆大熊猫对于中国科学家来说，是世界生物科技发展中遇到的史无前例的难关，也是一次既艰巨又冒险的挑战，国家科技部召集了相关的专家学者，经过反复讨论，决定把克隆大熊猫的任务交给已做了大量前期工作的中国科学院动物研究所来完成，并由陈大元教授担任克隆大熊猫项目的负责人。

中国要克隆大熊猫的消息不胫而走，这对于陈玉村主任来说，他要留下巴斯的心愿有希望了。陈玉村主任几经周折联系到陈大元教授，说出了自己的心愿。

然而，做出重大决定之前，除了要有果敢的勇气，还要经过科学的验证，野生大熊猫的平均寿命在 12 岁至 13 岁，巴斯此时已经 17 岁了，还能不能进行克隆试验，这是摆在陈大元面前的第一个难题，许多专家提出了否定意见，在经过几番论证和实验后，陈大元项目组毅然决然地选择了大梦山熊猫世界的巴斯，进行世界首例异种克隆大熊猫试验。

此刻，陈大元心中也有自己的愿望，他认为巴斯是大熊猫中的佼佼者，他希望巴斯不仅能够成为世界人民和平的使者和万众瞩目的明星，也能够载入世界生物科研进步的史册，这将是他从事生物科学研究生涯中完成的最神圣的使命。

1998 年 1 月 5 日，陈大元与陈玉村签署了克隆大熊猫巴斯研究项目的合作协议，并定在半年后对巴斯进行活体细胞的取材。

科研工作者都知道对大熊猫进行活体取材要冒很大的风险，何况是家喻户晓的巴斯，稍有闪失，后果不堪设想。为了试验成功，中国科学院动物研究所的克隆大熊猫项目组开始了紧张的准备工作，手术的时间一天一天地临近，手术前后的相关工作也都准备就绪。

巴斯仿佛知道了自己将要面临的是一场史无前例的考验，它有些害怕，却又十分配合地完成了各项指标检测，直到手术那天，巴斯的身体状态一直保持在最佳水平，为手术成功提供了最关键的保障，为克隆项目献出了最珍贵的活体细胞。

手术后，巴斯得到了在场所有科研人员的致敬。

巴斯与科学家配合默契，共同完成了一项突破性研究。为了防止术后感染，项目组派专人守护在巴斯身边，几天几夜都不合眼。

巴斯在顽强康复的同时，科学家们也在实验室将巴斯的活体细胞与兔子的卵细胞进行融合试验。

期间，李岚清副总理亲自来到中国科学院动物研究所看望夜以继日工作的科研人员，并写下了“埋头苦干”四个字作为勉励。

经过千百次的融合试验，科研人员终于形成了“大熊猫—兔克隆早期胚胎”的研究成果，这意味着中国首先成功地培育出克隆大熊猫早期胚胎，为保护大熊猫遗传多样性解决了一个十分关键的问题。

研究得出了结果：通过克隆技术，大熊猫的活体细胞能够在异种的去核卵细胞中分化重组，利用异种克隆技术对拯救濒危物种是可行的。这项研究成果被524名院士认可，并荣获“99中国十大科技进展”之榜。

巴斯，成为世界上首例克隆大熊猫的活体细胞贡献者。

巴斯为世界首例探索克隆大熊猫献出活体细胞

2002年，巴斯相当于人类80多岁的老人了，像所有人类的老年人一样，它也遇到了老龄大熊猫可能会出现的疾病困扰。此时的巴斯，患上了白内障，同时被发现是世界首例患有高血压的大熊猫。

从2002年开始到2010年，巴斯经历了三次重大疾病，为老龄大熊猫的医学治疗经验填补了三项空白，尤其是大梦山熊猫世界与福州东南眼科医院、当时南京军区福州总医院合力成功地为巴斯进行了白内障摘除手术，使巴斯成为了世界首例大熊猫白内障治疗成功者。

为此，2002年4月，时任福建省省长习近平发来了贺信，对大熊猫研究工作提出了更高的要求，给陈玉村和大梦山熊猫世界的全体员工带来莫大的荣誉和鼓励。

2002年7月，正在鼓岭熊猫山庄避暑的巴斯突发意外，血压异常高出两倍，血管破裂导致鼻黏膜出血，开始昏迷。这一昏迷就是一周，这可急坏了陈玉村，他火速请当时南京军区福州总医院的医护人员前来帮助。

这是巴斯距1983年落入冰河后的第二次“遇险”，也许是巴斯的生命力格外顽强，也许是巴斯还有未尽的“心愿”，在大家合力抢救和千呼万唤中，巴斯从死亡线上走了回来，渐

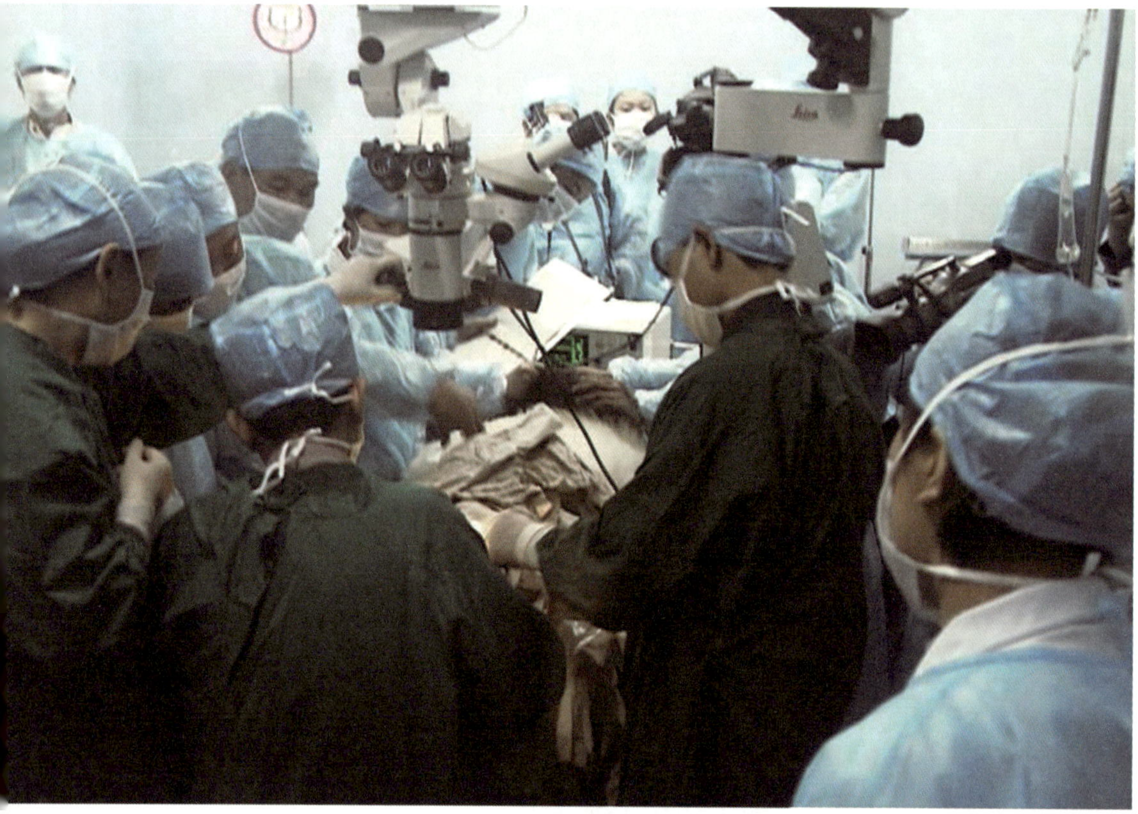

医疗人员为巴斯成功摘除白内障

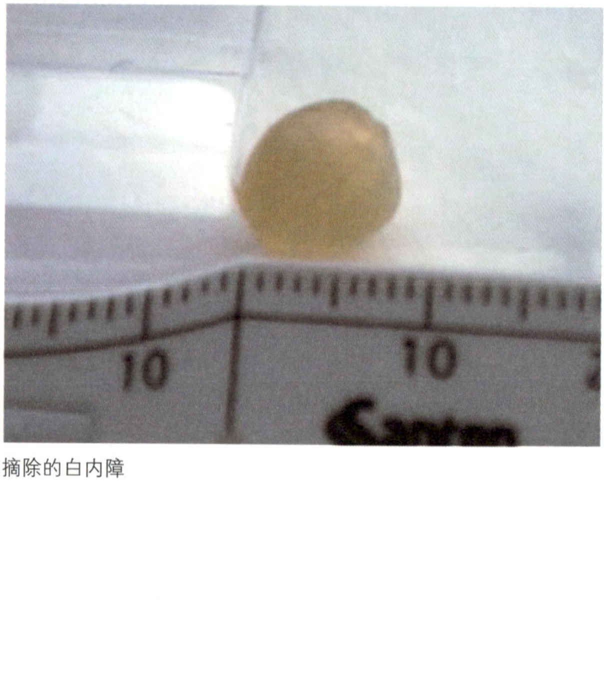

摘除的白内障

渐地康复。

巴斯的这次意外，也给陈玉村来了个措手不及，虽然大梦山熊猫世界的工作人员和当时南京军区福州总医院的医护人员因奋力抢救巴斯，被福州市政府授予“集体一等功”的荣誉称号，但是看着昔日巴斯神彩奕奕的相片和赢得的一份份沉甸甸的荣誉，陈玉村心里百感交集。

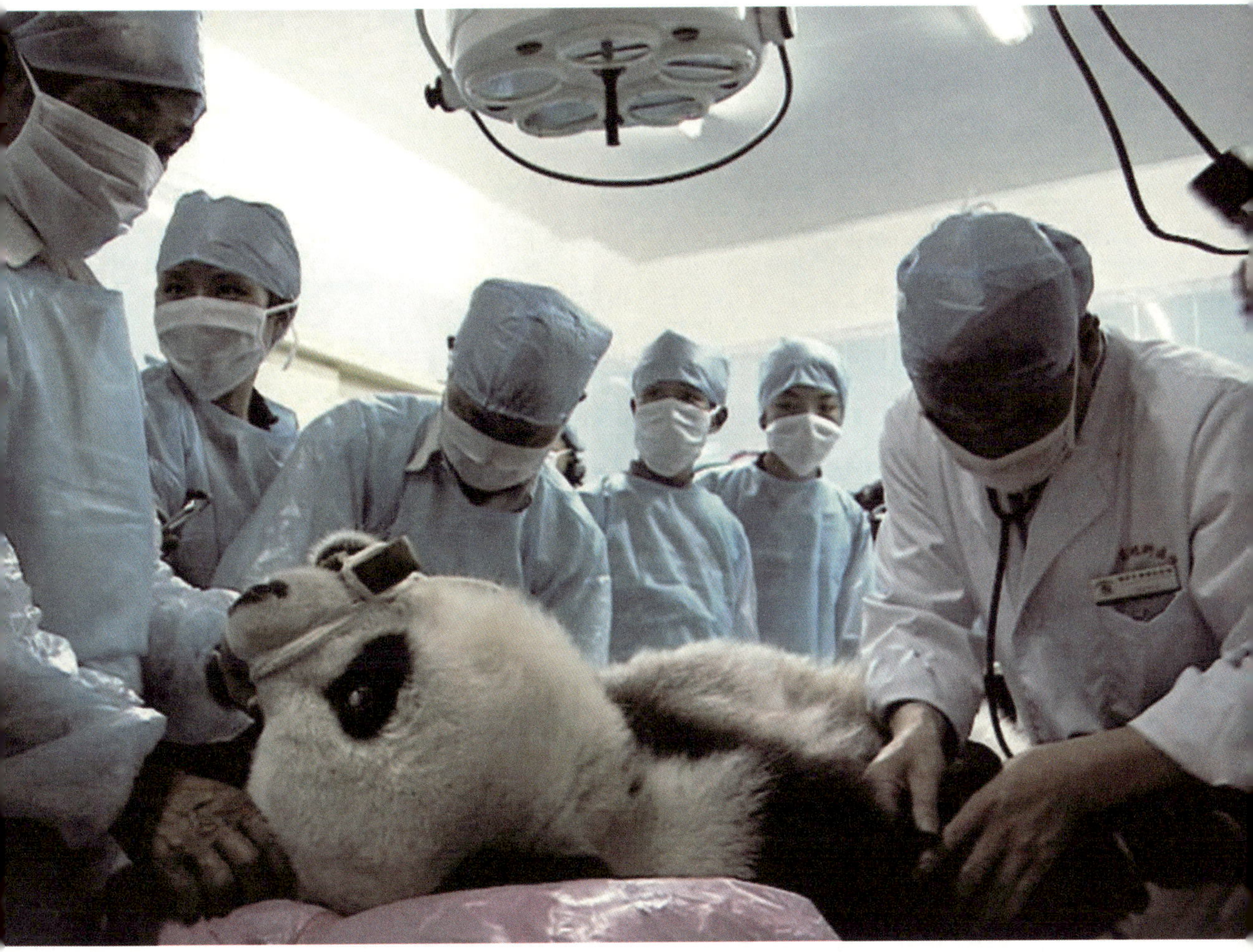

2002 年 7 月 23 日，巴斯因患高血压生命危在旦夕，医护人员奋力抢救，使它获得第二次生命

记得1984年，巴斯刚到大梦山的时候，还是一个“小姑娘”，现在已是一个相当于人类80岁的“老者”了，陈玉村与巴斯相伴成长。

这18年来，陈玉村亲身感受到，自从巴斯走进人们视线的那一天起，巴斯就尽其所能地为人类做出贡献，巴斯的贡献对所有认识它的人产生了巨大的影响，甚至这影响为人类带来了突破和改变。陈玉村决定，要在2005年，巴斯25岁的时候，为巴斯过一个“百岁”生日，重温巴斯的风采，继续巴斯的故事。

2005年11月，巴斯25岁生日庆典在大梦山如期举行，庆典吸引了众多喜爱巴斯的人们前来参加，福州市的热心市民为巴斯送来了30公斤重的塔型蛋糕，当年救下巴斯的李兴玉女士专程来到福州，当她再次见到巴斯的时候，兴奋地说：“巴斯都长这么大了，我再也抱不动了。”言语中流露出母性的特殊慈爱。

如果说，巴斯掉进巴斯河获救是第一次获得重生，在生物基因的贡献和在顽强抗争疾病中获得了第二次、第三次重生，那么，有越来越多的人，愿意为巴斯这个和平品牌的“永生”作出努力。

2010年6月1日国际儿童节，一场专为小朋友们准备的“我与巴斯有个约会”的庆祝

李兴玉来到海峡（福州）熊猫世界向参观者介绍当年营救巴斯的情形，观众纷纷摄影留念

工作人员陪巴斯欢度 25 岁生日

活动正在大梦山熊猫世界举行。当天中午，“年迈”的巴斯，亲切地来到小朋友们面前，挥了挥它的手掌，仿佛用尽了力气来跟喜爱它的孩子们打招呼，然而，没过多久，体力不支的巴斯倒在了草坪上，任由孩子们大声呼唤“巴斯‘奶奶’！巴斯‘奶奶’！”它听不见，失去了知觉。

当时南京军区福州总医院的医护人员第一时间赶到了现场，对巴斯进行全力抢救。治疗过程中，巴斯不断发出痛苦的呻吟，让在场的所有工作人员心疼地落下眼泪。

四天四夜过去了，巴斯丝毫没有好转的迹象，陈玉村守候在巴斯身边，一边忍住悲伤为巴斯准备后事，一边尽着最大的努力，不放弃任何救活巴斯的希望，最后是陈玉村的一个科学判断改变了治疗方案，加上同事们的同心协力，成功地再次从死神手里抢回了巴斯。

天地有情，自然相通，巴斯不负众望，再一次重获新生，一个多星期后，它奇迹般地恢复了健康。

每当回想起当时的情景，陈玉村主任不禁老泪纵横：“如果失去巴斯，就像失去亲人一样痛苦，生老病死，谁也逃不过，虽然我们尽了医疗所能，但是令人惊讶的是巴斯神奇而又

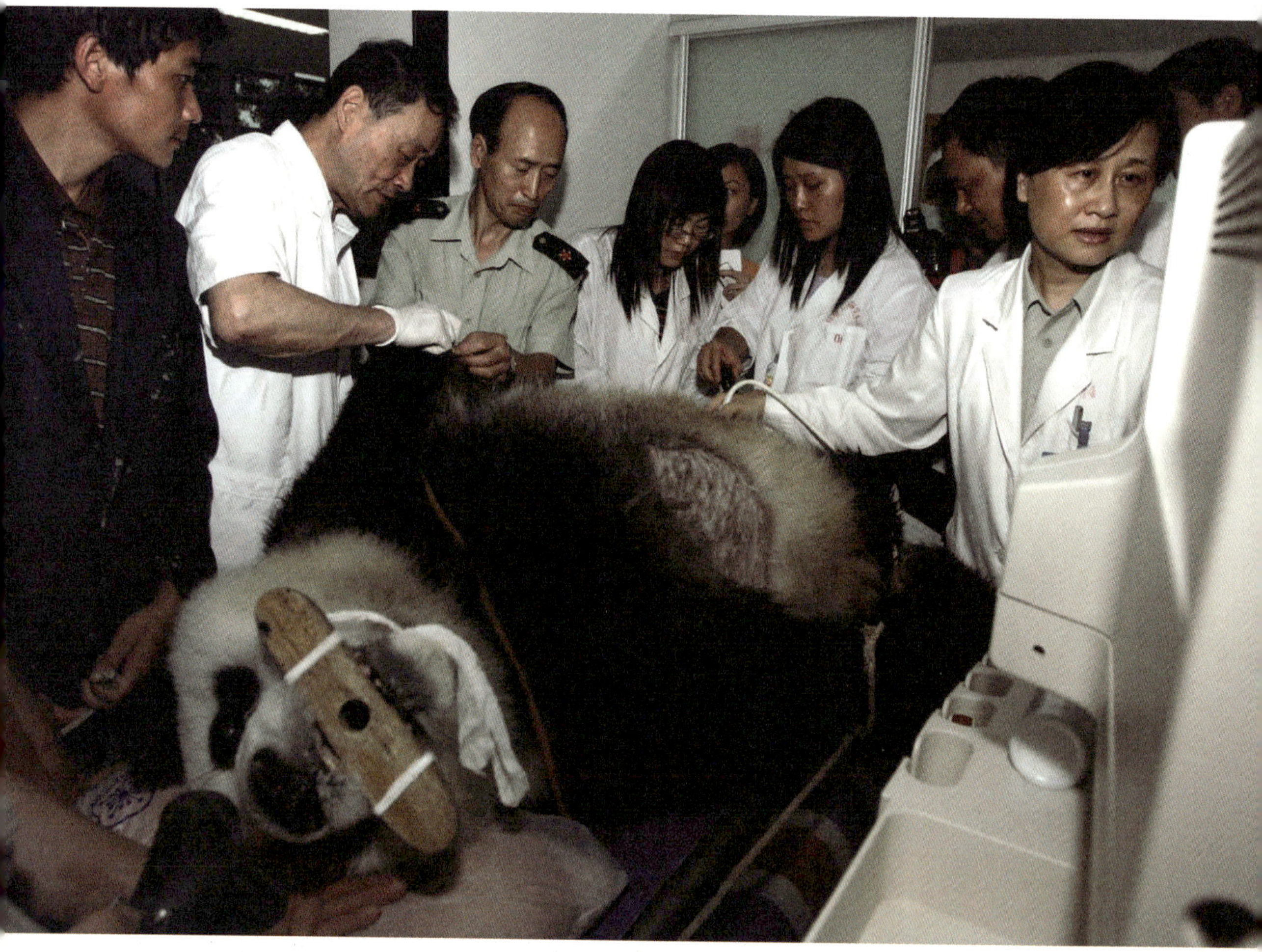

2010 年 6 月 1 日至 7 日，巴斯患急性肠炎并发胰腺炎，生命危在旦夕，历经艰难抢救，终于获得第三次新生

2010年6月1日至7日，巴斯在患急性肠炎并发胰腺炎期间，有关人员精心护理

巴斯老了，但是人们对它的爱是永恒的

顽强的生命力，我们要珍惜巴斯活着的每一天，因为，每一天巴斯都在创造奇迹和新的历史。”

2010 年 11 月，第十六届亚运会在广州举行，中央电视台新闻频道直播车开进了大梦山熊猫世界，为巴斯设置了全国唯一的福州分会场。在广州第十六届亚运会开幕式上，白岩松主持了《探访大熊猫“盼盼”》的节目。巴斯就像是回到了年轻的时候，

巴斯亲吻第十六届亚运会吉祥物“羊羊”

2010 年广州亚运会开幕期间，央视新闻频道直播车开进了大梦山，直播报道了如今的北京亚运会吉祥物“盼盼”原型巴斯的生活现场

对着镜头向世界展现欢快健康的模样，传递着拼搏进取的能量。体育精神再次被“盼盼”发扬光大，成为了崭新的亚运主题。

2015 年 9 月 22 日，国家主席习近平出访美国，成为了世界瞩目的焦点，中美两国关系的良好发展对于两国及世界来说都有重大意义。跟随习近平访美的脚步，巴斯也以一种特殊的方式重返美国，向世界人民问好。

2015 年 9 月 22 日，随着凌晨钟声响起，美国纽约时报广场新华社的“中国屏”大屏幕突然闪亮，用 3D 数字影像制作的《巴斯，向世界人民问好》国家品牌形象宣传片出现在这个被称之为“世界十字路口”的高空，引起世界人民的目光聚焦。

在国家品牌形象宣传片中，巴斯，用它的传奇故事向世界传递着中国人民的和平信仰和品牌的力量。国家品牌形象宣传片是将中国品牌建设过程中的艰难历程和取得的创新成果与大熊猫巴斯的文化基因、重生精神和品牌烙印有机结合，通过巴斯的问好，向世界人民传递了“巴斯，是中国人民向往和平的图腾，是全世界人民共同财富”的声音，不仅在海外华人华侨中引起强烈反响，而且成为国内外媒体争相报道的热点新闻。

2015 年 9 月 22 日，国家品牌形象宣传片《巴斯，向世界人民问好》在美国纽约时报广场中华屏播放

海外华人华侨在中国屏前向巴斯问好

2015 年 11 月 28 日，由中国生物多样性保护及绿色发展基金会、中共福建省委对外宣传办公室、福州市人民政府、新华网、新华通讯社福建分社共同主办，新华网福建频道、海峡（福州）大熊猫研究交流中心、中品国际承办的“世界和平大使巴斯 35 岁华诞盛典”在福州大梦山隆重举行。活动邀请到了美国、意大利、日本、韩国等 9 个国家和香港特区、台湾地区的同胞和新闻记者参加。

在这样充满和平氛围的国际性交流平台上，来自不同领域的人们，从不同的角度表达了对巴斯的祝福和愿景，同时见证了巴斯从生物形象向和平图腾转变的历史时刻。

正如大熊猫保护工作那样——“保护生物多样性基因，就是保护生命的最高科技”，大家开始思考“保护巴斯文化，就是保护世界和平品牌”的主题。巴斯 35 岁庆生活动，正是生物巴斯形象走向文化巴斯形象的历史转折点。在庆祝巴斯长寿生辰的同时，诠释《巴斯，向世界人民问好》国家品牌形象宣传片，向世界宣告象征中国品牌竞争力和品牌价值的“国宝”诞生。可以这样说，2015 年，是中国国家品牌形象“巴斯”诞生之年。

当天，由新华网、海峡（福州）熊猫研究

大熊猫巴斯 35 周岁华诞庆典

中心和中品国际共同倡议发起成立了“巴斯公益基金”。新华网党组成员谭玉平是这样解读的：巴斯公益基金的设立，将成为一个有效的平台和纽带，团结社会各界的力量，充分整合各方资源，大力推动野生大熊猫保护与科研，开发大熊猫文化产业，以弘扬“巴斯精神”为主线，推动“生物巴斯”向“文化巴斯”的升华，讲述中国故事，传播中国声音，打造“中国文化符号”，增进国际文化交流。面向爱心企业和社会公众募集善款。

灵动的巴斯

2016年，在巴斯“和平图腾”的文化影响下，人们开始将目光放在国际前沿领域，以开放的姿态，从不同角度“讲好巴斯的故事，传递中国真诚的和平文化。”

与此同时，为改变中国品牌“Made in China”低端制造的国际形象，以巴斯为原型的“中国印”，在经过了10年的国家品牌建设推进过程后，正在为“让世界分享中国印”的国家品牌计划拉开序幕。

2016年6月，中国科学院自动化研究所科学艺术研究中心张之益主任率领的团队，率先作出了推动“文化巴斯”升华的创举。他们将巴斯生物基因与高科技结合，通过领先于世界水平的科技创新工程，让“文化巴斯”在世界经济发展领域的舞台上，讲述“和平”这一人类永恒的主题。

在世界品牌经济时代，中国品牌要走出百年成功之路，需要一个能够阐明中国和平发展理念的“中国印”烙在中国好制造和好品牌上，引领中国品牌走向世界。“中国印”作为国家品牌，在经济全球化和国际市场竞争中，树立国家品牌形象，传递中国品牌的文化、价值、质量、技术等整体综合信息，成为国家各行各业的企业品牌和产品品牌获得全球利益的重要载体。

2016 年 11 月 18 日，国务院发展研究中心中国企业评价协会为落实《国务院办公厅关于发挥品牌引领作用推动供需结构升级的意见》，组织举办了“中国印·企业品牌竞争力评价指标体系专家评审会”。来自全国的品牌专家，在听取了“中国印”赋有丰富的中国和平故事和“中国印”代表中国品牌“自尊、自强、自信、自立，实现中国梦”的文化内涵后，经过严肃论证，一致确定巴斯为“中国印”的原型。

自 2011 年起，中国社会科学院品牌管理专业委员会连续 5 年对上市公司 2000 多家企业品牌进行监测，形成《中国企业品牌竞争力指数（CBI）报告》（品牌指数蓝皮书）。“中国印·企业品牌竞争力评价指标体系”，是依据此项创新成果进行全新理论研究，以“中国印”为品牌价值评价的标准，为中国企业提升品牌核心竞争力，赢得国际产业价值链中高附加值的话语权。现在，“中国印品牌价值评价标准”（CBV）模型已构建完成，这将影响着中国品牌市场化、市场金融化的时代步伐。

2017 年 1 月 14 日，由国务院发展研究中心指导，中国企业评价协会、中国社会科学院市场学会品牌管理专业委员会主办，北京中品国际品牌管理有限公司承办的“中国印·企业品牌竞争力评价标准发布会”在北京召开。会议邀请了评审专家、品牌界权威人士及企业家代表、企业负责人、新闻界代表160余人出席。

发布会上，宣布了“中国印”的原型，是世界人民熟悉并喜爱的和平品牌大熊猫巴斯。全面介绍了中国印·企业品牌竞争力评价标准评价的准则、指标体系、测评标准及范围，提出了“让世界分享中国印”的国家品牌建设推进计划。

发布“中国印·企业品牌竞争力评价标准”的意义在于：在品牌经济时代，以国家品牌成为各行各业企业品牌和产品品牌获得全球利益重要载体的模式已经初具规模，在“中国印”的引领作用下，中国品牌建设在品牌保护、品牌培育、品牌传播、品牌监测和品牌评价五方面，形成了实现中国品牌价值提升，推动品牌经济转型升级的基础。在激烈的国际市场竞争中，让中国品牌更有价值，让“中国印”品牌成为“全国全世界人民的共同财富”，需要从传统的品牌建设理念向品牌价值提升和需求结构升级转变，通过中国印·企业品牌竞争力评价标准，为质量卓越的中国制造和中国新经济烙上“中国印”，让中国印引领中国印品牌，让中国印品牌带动中国品牌，形成轮动发展的创新品牌经济模式。让中国品牌更有价值，才是“让世界分享中国印”的真正意义。

2017 年 1 月 18 日，大梦山熊猫世界张灯结彩，来自海内外的巴斯“粉丝”、各界的爱心人士和百名巴斯的同龄人欢聚在大梦山，庆祝巴斯 37 岁。

在这样一个具有历史意义的时刻，世界纪录认证公司为巴斯颁发了“世界上现存最长寿圈养大熊猫”的证书；中共福建省委宣传部副部长徐姗娜、福州市副市长李春、新华社福建分社副社长梅永存、中品国际董事长杨勇进一起为“中国印”纪念石碑揭幕；“世界的巴斯，和平的图腾”庆生活动主题，让来自宝岛台湾地区的社会科学院院长孙武彦先生感慨万千，他满怀深情地祝福海峡两岸亲情似水长流；中科院张之益主任，介绍了新研发的巴斯科技艺术设计，为巴斯文化工程的品牌化发展，开辟了创想空间。

37 岁的巴斯，近乎于人类 150 岁高龄，据陈玉村主任介绍，巴斯目前身体健康状况良

2017 年巴斯已达 37 岁，是世界上现存最长寿圈养大熊猫

好，各项生理指标正常。

巴斯，7 岁那年，走出国门，在以“和平大使”的身份进行国际文化交流时，就注定是要为这个时代担负使命。这个使命是传递中国人民和平的信仰，讲好中国真诚的和平文化故事，展现“大熊猫是全国全世界人民的共同财富”世界和平品牌的力量。

37 年来，巴斯见证了中国改革开放的时代进步，在和平与发展的时代主题中，巴斯用生命告诉世界，“图腾”不再是神话传说，而是对“和平”这个人类永恒主题的文化创造。

巴斯的传奇故事并没有结束，因为每一天每一分每一秒，巴斯都在用生命为世界创造着奇迹。

在这美好的时代里，巴斯将在不断的创新中书写着精彩的故事。

巴斯 37 岁庆典上，世界纪录认证机构授予巴斯
“世界上现存最长寿圈养大熊猫”证书

“熊猫爸爸”陈玉村与他的巴斯训养团队

巴斯的人间情缘

巴斯，在富有传奇经历的 37 年生命里，得到了社会各界的关爱和世界人民的喜爱，与许多人结下了难能可贵的人间情缘，也有许多人因为与巴斯结缘，而改变了自己的命运，并升华了自己生命的意义。

人类正是因为有了对美好事物的情感寄托，才能提升智慧，变得有创造力；才能受到精神的鼓舞，变得勇敢而坚毅；才能信心不变地推动着当代人类文明的进步。

在 2015 年 11 月 28 日，为巴斯庆祝 35 周岁时，一篇由新华社记者写的题为《向梦想致敬》的文章，格外引人注意。文章描述了巴斯人间情缘的所在。

向梦想致敬——

我们为什么要给大熊猫巴斯庆生

新华网记者　王凡凡　王文清

这是有史以来大梦山上一场时间最长、区域最广、规模最大、规格最高、内容最多的庆生活动：整整半年前就陆续开启相关活动，从福州到福建到北京再到美国再到全球，成千上万人参与，有市里省里甚至北京相关机构相关领导出席，“粉丝”齐聚祝福、专家学术研讨、专门晚会演出、线上线下互动……

而这一切的一切，就为了动物界的一个“明星”——大熊猫巴斯！

但我们有充足而完整的理由，发动大家共同关注并参与这件事情。经过数千年的探索、上百代的储备、几辈子的努力，今天我们聚集在福建福州这个地方，起码为着如下这些原因：

一是向一个物种致敬。

这是一个从距今800万年的远古一路走来

的物种，一个中国特有的珍稀物种，一个被称为“活化石”和“中国国宝”的物种，一个被WWF列为全球优先保护的旗舰物种，一个被作为智慧瑞祥象征的物种。大熊猫，值得人类更多关心和尊敬。

据有关资料，大熊猫的祖先，在大约800万年前就已经出现在地球上，并在距今50万~70万年的时候，进入鼎盛时期。在更新世中晚期，特别是第四纪冰期之后，秦岭及其以南山脉出现大面积冰川，大部分动物灭绝，唯独大熊猫因为“适时而改、知难而退”生存了下来：它们改变了自己的食性来适应环境的变化，从食肉变为了食竹，同时退隐到了青藏高原东部边缘的高山深谷之中。

人类对大熊猫的饲养最早可追溯到4000多年前。因为只吃竹子，不伤害其他生命，自古以来，大熊猫就被列入“义兽”行列，并成为和平、友谊的使者，传说古时两国交战时，若一方忽然举起画着熊猫的旗帜，士兵们便会停止撕杀，战斗就会停息，冲突也会停止。

公元685年，女皇武则天曾送给日本天武天皇两只大熊猫，这是有史可查的大熊猫首次作为“友好使者”出国。此后便不断有大熊猫充当“和平使者”出访他国，以增进中国和世界各国人民的感情。从新中国成立到 1982 年，也曾将 23 只大熊猫作为礼物赠送给了 9 个国家，开启了“熊猫外交”时代。目前生活在国外的大熊猫约有 30 余只，它们为祖国作出了独特的贡献。

二是向一个生命致敬。

这个生命充满传奇，充满重生的力量以及顽强的精神：它便是大熊猫巴斯。

巴斯的“猫生”丰富多彩，给无数人带来过欢乐：它是“体育多项全能冠军”，会举重、投篮等多个项目；它是“文娱界的全球巨星”，拍过电影电视，上过春节晚会；它是北京亚运会吉祥物“盼盼”的原型，也为广州亚运会录制过节目；它还曾担任过“外交使者”，赴美演出长达半年时间，为中国赢得了无数的海外“粉丝”……

与此同时，巴斯的“猫生”也经历了无数磨难，其中有三次几近灭顶，却又三次获得重生：

1984 年 2 月，箭竹大面积开花，饿得发慌的巴斯下山觅食，不慎跌落冰河，幸被四川宝兴县村民救起，迎来了第一次重生。

2002 年 7 月，巴斯因血压高出正常值两倍、鼻黏膜血管破裂造成大出血，昏迷了整整一周。后在它的“御用医疗团队”的精心治疗下重获新生。

2010年6月，在即将30岁之际，巴斯突发胰腺炎，经过与死神八天八夜的抗争，再一次取得胜利，得以生还。

积极配合着人类保护大熊猫、保护地球生态的行动，巴斯直到晚年，还在为大熊猫科研工作努力着。它是我国首例取得手术成功的大熊猫白内障患者，填补了大熊猫医疗史上的一项空白；它还是世界首例“异种大熊猫胚胎”的样品提供者，帮助中科院专家成功入选“1999年中国十大科技进展”项目……

现年35周岁的巴斯，相当于百岁以上的人类，已是中国大陆地区现存最长寿大熊猫，没有之一。事实上，仅此理由就已值得庆贺。

三是向一个人致敬。

大熊猫原本怕热，地处亚热带的福州，并不适合它们。是这个人，千方百计把它们请到了这里，同时历尽千辛万苦，硬是把这里也变成了“猫眼”里的“有福之州”。

这个人便是陈玉村，福州大熊猫研究中心主任，但我们此时更愿意喊他“熊猫爸爸”。

陈玉村在学校里念的是动物专业，毕业后分配到部队，管的也是动物，但大熊猫似乎与他没有关系，即便后来因为工作需要调到福州，任务也仅仅是把“文革”当中被破坏的动物园恢复起来。

1984 年，陈玉村 42 岁，正是干事业的大好时光，可能连他自己也没有想到，当他“三顾茅庐”把巴斯从四川卧龙大熊猫自然保护区要回来时，便注定了从此与巴斯以及大熊猫们共度一生。如果说大熊猫是远古而来的孤独行者，那么陈玉村就是为陪伴孤独而孤独的那个使者。

陈玉村至今还记得，一开始就是一段黑白颠倒的日子。大熊猫巴斯平时孤居，作息晨昏颠倒，为了配合巴斯的生活习性以便更好地观察它了解它，陈玉村只好也“昼伏夜出”起来。

“小时候我特别不理解他，为什么非要和大熊猫那么亲?”陈玉村的儿子陈宇说。

“我当时真的觉得巴斯比我自己的孩子还重要。”陈玉村告诉记者，“我是陈宇的爸爸，我不在，他还有母亲，而大熊猫就只有我啊。”

好在“巴斯”们懂得感恩，给了他不少回报：经过不断地摸索实践，福州大熊猫研究中心先后取得了 10 多项科研成果，包括为中国首次获得大熊猫无干扰生理数据，在不适宜大熊猫生存的低海拔、高气温的条件下多次成功繁殖大熊猫，创造了高龄大熊猫产子并且母子同存活的世界纪录，自建大熊猫血库，率先发现并成功治疗大熊猫急性胰腺炎、肠道霉菌、高血压病，等等。其中，与中科院合作，成功克隆出世界首例“异种大熊猫胚胎”，使得福州大熊猫研究中心跻身国际大熊猫研究前列。不是大熊猫产地的福州因此成为大熊猫科研基地。

“现在理解父亲为什么要那么尽心尽力了，那是因为军人都把荣誉和使命看得比生命还重要。”陈宇说。

那就记得在巴斯庆生会上向这个人行个军礼吧。

四是向一群人致敬。

“天皇巨星”大熊猫巴斯除了拥有全球性“粉丝”外，还有很多个专属的“御用团队”，包括护管、医疗、新闻、志愿者、各级领导以及“领养人”、赞助人等。

“巴斯能够走到今天，熊猫世界能够走到今天，离不开这群人。”这是每次举办有关巴斯的新闻发布会，陈玉村总要反复强调的一句话。接下来就是这些人曾经如何帮助过巴斯。往事一串接一串，说都说不完，时间因此常常被拖延。

这群人中有：

全职饲养员施飞宁，从 1990 年开始就与巴斯在一起了，25 年来，已成为巴斯离不开的“熊猫姐姐”，为了照顾巴斯，经常熬夜劳累，以致于也有了一双迷人的“熊猫眼”。

当时南京军区福州总医院心电图室主任侯建萍，从巴斯 1984 年来到福州起，就一直参与巴斯的治疗工作，是巴斯不断“重生”的历史见证人。

福州日报原摄影记者杨婀娜，从 1984 年开始跟拍巴斯，几乎参与了巴斯的全部活动，拍过其黑白版“表演艺术照”，是第一个报道“大熊猫成功克隆”的人。

“那时候拍熊猫，是要走到笼子里的。你别看大熊猫平时非常温柔，一巴掌过来，雨靴就被抓破了，所以有时心里还是有点怕，但只要是大熊猫的事情都不是小新闻，所以每次都是全力以赴责无旁贷，生怕漏掉了。”杨婀娜回忆说。已经退休多年的她现在仍然关心着巴斯，不时还会前往看望、抓拍。

“还有董智勇、赖炳辉、周永江、赵广健、杨勇进、张云楷、窦元元、黄兴泉……”显然，在陈玉村那里，需要感谢的“这群人”实在太多。

“最不能忘记的是项南老书记，他真的是一位有远见的领导人。20 世纪 80 年代还是改革开放初期，他不仅支持帮助要来了大熊猫，还专门作出指示，要求我们一要能繁殖出后代，二要走出国门，三要力争科研水平达到国际水平。现在想想，正是这些要求鼓励着我们一路向前。值得告慰老领导的是，他的要求，我们都做到了。”

这是 11 月 26 日，在又一次新闻发布会上，记者们听到陈玉村首次吐露但不知已在心里深藏多久的一个内容。

“凡是做过有益于巴斯和大熊猫事情的人，都值得不断致意。”

五是向一种梦想致敬。

大熊猫巴斯首次与人类接触时是因为跌落冰河被救。那条冰河就叫“巴斯沟”。所以，当年救起它的恩人李兴玉给了它“巴斯”这样一个名字，恰巧与川话“很好”同音。

不久后，这“很好”的大熊猫来到了“有福之州”，又恰巧住进了“大梦山”，且一住就是 30 多年，在带给“粉丝”很多快乐的同时，也带给了他们很多“很好”的“梦”。

北京中品国际品牌管理有限公司的杨勇进先生是巴斯粉丝中的一位。只不过，这回这

“梦”他做得有点大。

“十几年前，熊猫世界门口有块牌子，是巴斯的形象。所有人都可以看到，但很多人只是把它当作动物，我却看到了文化，觉得它全身充满了文化和品牌的魅力。”杨勇进告诉记者。

感动杨勇进的首先是巴斯的重生精神：“大熊猫这种在恶劣环境下一次次重生的特质，不正是中华民族几千年顽强奋斗史的一个很好的写照吗？不正是今天中国企业走向市场、走向世界所应该具备的品质吗？”

其次是巴斯的传奇经历：“现年 35 岁的巴斯相当于人类百岁以上，是大陆地区现存最长寿、最有故事的大熊猫，曾为国家生物科技、生态文明发展做出过贡献，并印证过中国文化的影响力，已是熊猫世界乃至动物世界的世界级大品牌。但这还不够，在和平与发展的时代主题下，它还应该成为文化领域乃至经济领域的世界级大品牌，成为中国人民向往和平的图腾和真正的传世之宝，成为全世界人民共同的精神财富。”

连杨勇进也不能不为自己的这个梦想而激动。

值得高兴的是，在陈玉村等有识之士以

及市、省乃至国家有关部门的认同支持下，目前，这个关于巴斯的“很好”的“梦”已部分得以实现：以巴斯文化形象为主体的国宝标“中国印”已通过注册和认证。今年9月，习近平访美期间，经过精心策划的《巴斯，向世界人民问好》数字化影视短片也得以在纽约时报广场“中国屏”上成功播出。大熊猫明星巴斯阔别28年后重返美国，一时成为海内外不少媒体报道的焦点，巴斯也实现了从“动物熊猫”到“文化熊猫”的华丽转身。

根据计划，这个“梦”接下来还有一系列活动或项目，包括成立巴斯熊猫公益基金，建设巴斯熊猫博物馆等。

“创新、协调、绿色、开放、共享已成为中国未来五大发展理念，也应该成为大梦山之梦的核心理念。今后，我们将按照这些理念来进一步讲好巴斯的故事，努力把巴斯打造成最美好的中国品牌形象、福州城市名片和世界和平使者。”

看来，在“杨勇进们”的心中，这个关于巴斯的大梦山之梦已自动生成为中国梦，并且是其中“很好”的一个组成部分了。

那么，就让我们一起，在这个隆重的庆生

典礼上，为巴斯祈福，并向所有的这一切“很好”的人和事物致敬吧。

巴斯勋章印证巴斯的人间情缘

陈玉村是巴斯的“守护神”，被称为“熊猫爸爸”，他一生从事大熊猫研究事业，守护和饲养巴斯成长，不仅发现了巴斯特有的潜能，还教会了巴斯各种表演技艺，使巴斯成为世界人民喜爱的大熊猫明星，并且在生物科研领域做出了卓越的贡献。

陈玉村与巴斯在一起

熊猫世界首次为巴斯有缘人授予
“巴斯勋章”，表示感谢

为巴斯庆祝生日

洗澡

人们纷纷前来参观大熊猫巴斯

千千万万个与巴斯有缘的人

巴斯的五大贡献

巴斯，为和平而生，为时代而来，它不仅延续着世界旗舰物种神奇的生命基因，而且凝聚着中国人民向往和平的信仰和文化创造的智慧；巴斯，37 年来以和平使者与文化使者的身份，跨越国界为世界人民打开了一扇爱心之门，用生命树立了世界和平的品牌；巴斯，从大梦山走来，在国家品牌建设的黄金时代，集 10 年品牌建设的研究与实践，呈现“中国印品牌价值评价标准”成果，为质量卓越的中国制造和中国新经济烙上“中国印”，引领中国品牌走向世界。

巴斯的故事彰显出巴斯的贡献，我们将巴斯的贡献分为五个方面，这些贡献是相互交融的，无法替代，也无法复制。

巴斯，对世界的贡献

巴斯在生物科研上创造了多项“世界之最”：

1997 年，中科院开始了克隆大熊猫的课题。

1998 年，巴斯是世界上第一只为异种克隆大熊猫科研献出活体细胞的大熊猫，直至早期胚胎的形成。

1999 年，“大熊猫—兔克隆早期胚胎”被中科院、工程院两院 524 位院士，无记名投票评选为 1999 年中国十大科技进展创新成果。

2002 年 4 月，巴斯成为世界上首列手术摘除白内障成功的大熊猫，时任福建省省长习近平为巴斯发来贺信并勉励研究工作再创新成果；7 月，巴斯被诊断为世界上第一只患有高血压的大熊猫，在福州鼓岭避暑时，因血压高出正常两倍，引起血管破裂而大量出血，昏迷一周后起死回生，为大熊猫医疗史上留下了宝贵的救治经验。

巴斯从小接受训化，在不麻醉、不捆绑的情况下乖乖地配合采血和打针

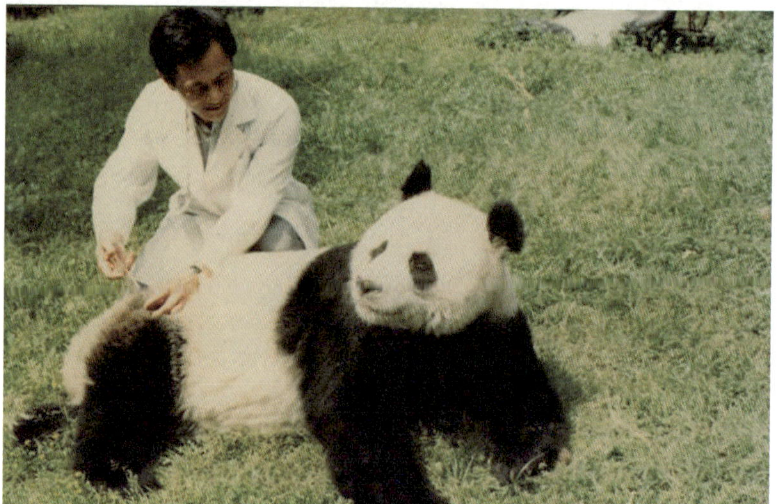

2010 年 6 月，30 岁高龄的巴斯患急性肠炎并发胰腺炎，生命危在旦夕，它以野性天然的生命力，顽强与疾病抗争，奇迹重生，为老龄大熊猫的医疗保护工作填补了一项空白。

2017 年 1 月 18 日，世界纪录认证公司为巴斯颁发了“世界上现存最长寿圈养大熊猫”证书。

2017 年，世界纪录认证公司为巴斯颁发的长寿证书

巴斯，对和平的贡献

中国国宝大熊猫历来就被世界人民喜爱，并被喻为和平的象征。巴斯更是通过自身独特的魅力，将中国“圆”与“和”的文化特质表现得淋漓尽致，具有人类语言无法替代的价值。

早在1987年，当巴斯第一次走出国门，代表中国形象参加国际文化交流时，就引起了世界的轰动。在圣地亚哥200多天对外展出的日子里，有来自美国、日本、法国、加拿大等9个国家的750多家媒体，发出2万多条信息进行报道，从那时起，巴斯成为了世界人民公认的“世界和平大使”。

2015年9月，巴斯以世界和平大使的身份，通过美国纽约时报广场新华社的大屏幕向世界人民问好，中国各大媒体和世界各国媒体，10天内以270万的新闻报道频率向全球播报。11月28日，一张“世界和平大使巴斯35华诞盛典”生日庆典邀请函，吸引了世界各国媒体纷至沓来大梦山活动现场，当天的新闻报道数据即达 153 万多条。

2016 年，为传递中国真诚的和平文化，国务院发展研究中心专家确定巴斯为“中国印”的原型；中科院的科学家以巴斯和平文化为背景，创作了 1:1 仿真巴斯生物基因的前沿科技领域项目。

2017 年，“世界的巴斯，和平的图腾”中国印石碑在大梦山落成，世界的目光再次聚焦在巴斯所传扬的“和平”主题上。

1987 年，受国家林业部派遣，代表中国野生动物保护协会，巴斯赴美国圣地亚哥访问半年，轰动西海岸

巴斯在美国圣地亚哥表演

1987 年巴斯和元元在美国圣地亚哥动物园

巴斯，对文化的贡献

讲好中国故事，传播中国声音，是“两个一百年”奋斗目标和中华民族伟大复兴中国梦的战略任务。巴斯的传奇故事，是以巴斯为主角，为中国和平文化描绘成的一幅“和平图腾”。

自 1984 年起，巴斯就成为了中国文化交流的和平使者；1991 年，巴斯登上了中央电视台春节联欢晚会，成为传播中国文化的大舞台上的“明星”；在不断提炼和升华巴斯曾被世界誉为的“和平大使”“绿色使者”“体育明星”“天皇巨星”等文化符号和亚运会“熊猫盼盼”品牌符号的基础上，2015 年 9 月，新华网将巴斯传奇故事，制作成国家品牌形象宣传片《巴斯，向世界人民问好》在美国纽约时报广场播出，让世界人民了解到“和平图腾”的故事是在表达中国真诚的和平文化。

2015 年 11 月 28 日，巴斯 35 岁生日庆典上，“文化巴斯”的诞生，得到世界多个国家

观想

媒体报道。2017年1月18日，巴斯迎来了“世界上现存最长寿圈养大熊猫”的世界纪录证书，“世界的巴斯，和平的图腾”中国印石碑在大梦山落成，通过媒体，世界人民共同见证了这个历史时刻。作为巴斯文化的内容，“大熊猫巴斯——全国全世界人民共同的财富；大梦山——圆中国梦世界梦的地方”，成为了“时代名片”与“城市名片”。

看书

打电话

巴斯，对体育的贡献

巴斯具有独一无二的体育天分。1984 年，巴斯刚被接到大梦山熊猫世界时，陈玉村主任为了让巴斯适应新环境，精心设计了一套科学的体能锻炼，没想到竟然发掘出了巴斯运动的潜能。

1990 年，巴斯成为第十一届亚运会的吉祥物“盼盼”，向世界传递“更高、更快、更强”的体育精神。巴斯成为了具有划时代意义的“体育明星”。

1990 年的第十一届北京亚运会，是新中国成立以来第一次承办的大型国际综合性体育赛事。巴斯应亚运会组委会的邀请，来到北京参加亚运会闭幕式。在北京两个多月的时间里，巴斯以令人赞叹的“体操”风采，征服了前来参加北京亚运会的 39 个国家的新闻媒体。1990 年 10 月 7 日，在亚运会闭幕前 15 分钟，中央电视台播放了巴斯全套体操表演。

2010 年 11 月，第十六届广州亚运会，

“熊猫盼盼”通过中央电视台的直播，再次出现在体育盛会的开幕式上，已是“百岁”高龄的巴斯是体育健儿心目中的“常青树”。

以巴斯为原型所塑造的亚运会吉祥物“盼盼”的形象，成为了“体育精神”的象征。

“盼盼”亮相北京第十一届亚运会

巴斯，对品牌的贡献

1990 年 10 月，时任福州市委书记的习近平得知巴斯被选为北京亚运会吉祥物“熊猫盼盼”，在视察大梦山熊猫大世界时说道：“中国大熊猫不仅是福州的，也是全国全世界人民的共同财富。”这句话，说出了国宝大熊猫与生俱来的品牌特质和世界大品牌的影响力。

2002 年 4 月，巴斯白内障摘除手术成功，成为了世界上首例接受白内障摘除术的大熊猫。时任福建省省长的习近平，为巴斯手术成功发来贺信，并勉励工作人员对大熊猫的研究不断取得新成果。

2016 年 6 月 10 日，随着《国务院办公厅关于发挥品牌引领作用推动供需结构升级的意见》（国办发〔2016〕44 号）的发布，中国进入了品牌建设与发展的重要时期，中国亟需向世界讲好和平与发展时代主题的故事，通过传递真诚的和平文化，提升中国品牌自信，促进经济发展。

巴斯独特的品牌影响力，通过文化培塑和提炼，成为表述世界和平品牌的“和平图腾”。经过了10年的国家品牌研究并不断创新和探索巴斯的品牌价值，2017年1月14日，以巴斯为原型的“中国印”通过“中国印·企业品牌竞争力评价标准发布会”呈现出巴斯的国家品牌价值。巴斯，将成为代表中国国家品牌形象的LOGO。

2017年1月14日，中国印·企业品牌竞争力评价标准发布会现场

第二章

世界的巴斯，和平的图腾

大熊猫是世界自然基金会（WWF）的独家注册标志，早已属于全世界。巴斯作为世界现存最长寿大熊猫和公认的世界级的和平友好形象大使，在各种场合向世界人民问好，宣传和善中国形象，并用无形的力量，倡导世界和平，巴斯是中国人民向往和平的图腾，是全世界人民共同的财富。

巴斯，向世界人民问好

《巴斯，向世界人民问好》，在一个重要的历史时机和一次重要的新闻事件中，向世界传递了“巴斯，是中国人民向往和平的图腾，也是全世界人民共同财富”的国家品牌形象，为中国的民族文化、和平信仰和品牌特色融入世界发展，展现出国家品牌的影响力和渗透力。

《巴斯，向世界人民问好》的创作思路是以巴斯传奇经历为背景，将中国品牌发展的艰难历程和取得的创新进步与巴斯的文化基因、重生精神和世界和平品牌的特色相结合，从无形的“和平信仰”，到有形的“和平图腾”；从有界的“中国国宝”，到无界的中国声音“向世界人民问好”，让巴斯带来的和平气象，传递世界和平品牌的力量。

《巴斯，向世界人民问好》国家品牌形象宣传片创作思路

（新华网数字影视中心张祺团队制作）

大熊猫从远古走到现代，展现出热爱生活、向往和平、生生不息的重生精神。作为大熊猫的姣姣者——巴斯，这种精神特别突出。

主题一：中国，是熊猫巴斯的故乡。

意义：巴斯代表中国自主品牌、民族品牌，中国制造，来自中国。

主题二：熊猫巴斯的重生精神，是激励进步与发展的力量。

意义：激励生命的顽强与永不放弃的力量，进步与发展包括科技进步、社会发展等。

主题三：熊猫巴斯，是中国人民向往和平的图腾，也是全世界人民的共同财富。

意义：从文化界、体育界、教育界、企业界，以及海内外华侨角度，有着深远的意义。

主题四：巴斯，向世界人民问好。

熊猫外交世界地图，虚拟形象勾勒出巴斯——自个儿品牌形象，以烙印形式成为中国影像，表示强国信心与决心。

Cut1 镜头从天空摇下，一大片竹林。

Cut2 箭竹开花，竹叶飞落。

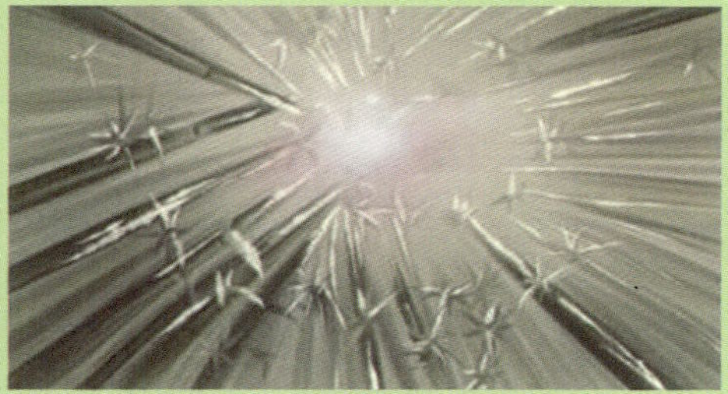

Cut3 场景由秋季慢慢过渡到冬季。

Cut4 熊猫巴斯步履蹒跚从枯竹林中走出，身后竹林中快速闪过猎狗的身影。

Cut5 一只猎狗快速穿过竹林，奔向巴斯，来到岸边。

Cut6 巴斯发现猎狗后，快速向河中跑去。

【知识点】

四川宝兴县地区箭竹大面积开花，饥饿的巴斯下山寻找食物，被猎狗追赶，误入巴斯河。

Cut7 猎狗停下脚步，看着远去的巴斯。

Cut8 巴斯掉进冰水里，被激流冲走。

Cut9 巴斯被卡在石缝中慢慢被冻僵。

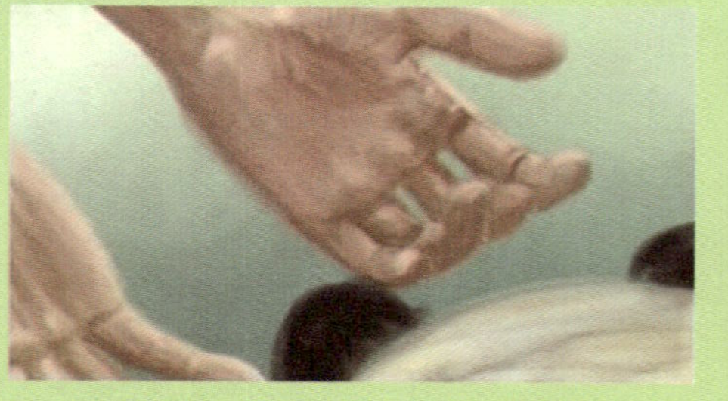
Cut10 巴斯被一双手从河中抱起，放到岸边。

Cut11 岸边升起了篝火,温暖全身毛发被水浸湿的巴斯。

Cut12 巴斯从火堆后面爬过，被工作人员抬起，放到一个铁笼里。

【知识点】

巴斯被激流冲走卡在石缝中，村民李兴玉救起了冻僵的巴斯，在河边升起火堆，给它取暖进食。蜂桶寨国家级自然保护区接走了巴斯。

Cut13 镜头向后拉，车后门关闭，车门标有“蜂桶寨国家级自然保护区”LOGO，车驶出（转场）。

Cut14 场景转变为福州熊猫世界，展示福州熊猫世界外景。

Cut15 巴斯在乐园里慢慢长大。

Cut16 巴斯爬到大树边，开心地吃着竹子。

Cut17 熊猫吃竹子的画面定格在飞机LOGO上（飞机转场）

Cut18 飞机转场，场景转换成美国圣地亚哥熊猫馆，广告片标注熊猫。

【知识点】

在陈玉村主任的精心呵护下，巴斯逐步适应福州环境，陈主任和他的团队开展造星计划。巴斯远赴美国圣地亚哥市（一架印有熊猫图案的联邦快递MD11型飞机“熊猫1号”）。

Cut19 巴斯表演推车。

Cut20 巴斯表演投篮。

Cut21 无数的外国人在与熊猫打招呼、拍照、欢呼，镜头聚焦在巴斯身上。转到正面，场景转换为亚运会赛场。

Cut22 巴斯举起亚运会奖牌，向赛场观众挥手，赛场中央展示盼盼的卡通形象。

Cut23 镜头拉出，巴斯的画面出现在转播车的监视窗口里，同时展示中国奥运健儿为国争光的精彩时刻。

Cut24 镜头穿过转播车，场景转换至央视春晚舞台，巴斯表演举杠铃。

【知识点】

巴斯远赴美国圣地亚哥市表演技艺（推车、投篮），巴斯以吉祥物“盼盼”的身份赴北京参加第十一届亚运会。

Cut25 聚光灯下的巴斯随着年龄的增长（1991年-2001年），越爬越慢，眼睛渐渐地变白。

Cut26 镜头向后拉，熊猫巴斯躺在手术台上。

Cut27 特写医学专家拿着一个针管。

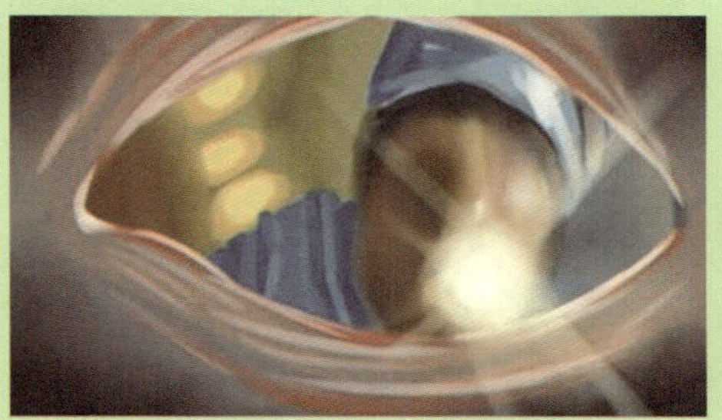

Cut28 镜头反打，模拟巴斯眼睛的视角，看到医生拿着手电筒，光线闪白。

Cut29 巴斯重见光明，场景转换为巴斯30岁生日时的情景，看到一个为它庆生的蛋糕，媒体拍照。

Cut30 镜头反打,巴斯向大家挥手致意，镜头右移，围栏外面，一个小女孩抱着熊猫玩偶，场景由白天转至夜晚。

【知识点】

巴斯捐献了体细胞，直至早起胚胎的形成。巴斯被诊断出患有高血压，引起血管破裂而大量出血，巴斯白内障治愈后重见光明。

Cut31 镜头跟随小女孩转身走向了嘉年华游乐园，夜晚灯光璀璨。

Cut32 镜头摇向天空，粒子烟花形成联合国主要国家国旗图案，画面中央粒子形成“中国制造”的中国印形状。

Cut33 星空中粒子组合成世界地图，“自个儿”品牌点亮全世界。

Cut34 世界地图变形成为一个地球形状，巴斯拥抱着地球。

Cut35 巴斯三维形象转变成二维的LOGO图案。

【知识点】

庆祝巴斯30岁生日，熊猫世界举办“我与巴斯有个约会”系列活动，远古走来，现代乐园——嘉年华场景为入驻上海迪斯尼伏笔，“中国制造”中国印，中国“自个儿”走向世界。

熊猫巴斯

GG形象设计参考

在“和平发展，合作共赢”的发展环境中，国家品牌，作为各行各业的企业品牌和产品品牌获得全球利益的重要载体，需要提炼具有民族特色的国家品牌形象来凝聚中国品牌的力量，让世界人民认识和感受中国品牌的文化、质量、技术等整体的综合信息。中国品牌力量的凝聚，是民族的希望，是企业的灵魂，也是“人人品牌”的精神财富。

2015 年 9 月 22 日，在国家主席习近平访问美国期间，《巴斯，向世界人民问好》国家品牌形象宣传片在纽约时报广场播出，在海外华人华侨中引起强烈的反响，成为国内外媒体争相报道的热点新闻。

2015 年 11 月 28 日，中央电视台新闻直播间栏目，通过新闻报道，很好地解读了《巴斯，向世界人民问好》的意义和巴斯从生物形象的“世界和平大使”到具有“和平图腾”文化内涵的“世界和平大使”发展的过程。

以下根据新闻实况整理：

2015 年 9 月，中国国家主席习近平在美国进行国事访问期间，在素有世界“十字路口”之称的美国纽约时报广场，大熊猫巴斯就以 3D 动画的方式再度亮相，向全世界人民问好。这个动画短片滚动播出了 10 天，在此吸引了全世界的目光。

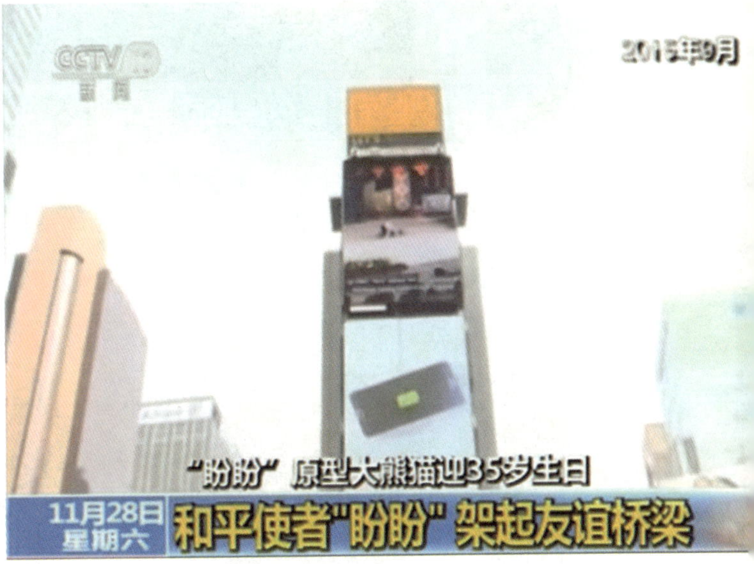

◆ **采访法国游客**：熊猫是最可爱的动物，在法国巴黎的公园就有两只熊猫，它们漂亮极了。

◆**采访美国福建联合总会主席余光武**：巴斯，是我们中国的国宝，不只我们中国人喜欢，全世界人都喜欢。

◆**采访新华社北美总分社记者刘莉**：有一些华人，在路过纽约时报广场的时候，他们看到宣传片感到非常亲切，因为熊猫是中国的象征，也是中国的吉祥物之一。

早在 1987 年，巴斯就曾经去过美国，当时美国圣地亚哥动物园的职员乔治妮，跟巴斯朝夕相处过一段时间，这也是她职业生涯中，最难忘的一段经历。

◆ **采访乔治妮**：巴斯，温暖了很多人的心，整个圣地亚哥为此坠入了爱河。熊猫特别的地方就在于，它是友谊的桥梁，不仅在国家之间，更在人与人之间。

在《巴斯，向世界人民问好》短片的结尾，创作者用一朵朵绽放的礼花，描绘了一幅独特的熊猫地图，大熊猫就像“和平天使”一样，不断拉近中国与世界的距离。

“百岁女王”华丽转身

“女王”，是人们根据巴斯美丽的样貌、多才的技艺、能“震”住百兽的气场，给予巴斯的专称，除了宠爱，还有对“百岁”巴斯的敬爱，成为了巴斯特有的“大熊猫佼佼者”生物形象。

保护生物多样性基因，是保护生命的最高科技；保护世界和平品牌，也是保护中国和平文化基因 。

在受外来文化影响、中国传统文化有所流失的今天，我们需要巴斯将人们对大熊猫的认知、情感、信仰和价值观相互渗透，为中国文化在世界和平主题上的创作和发展，扎下生命之“根”，并通过文化的力量将中国人民的和平信仰传递给世界，开枝散叶。

自从 1997 年世界风靡克隆技术以来，世界各国一直在关注并期待着大熊猫克隆研究能早日成功，在科学技术不断发展的今天，克隆生物大熊猫或许总会有一天被宣布成功。但是，世界上不会有第二只巴斯。巴斯，以“百岁”的生命，坚守着和平的使命，我们每一个人都有责任在和平与发展的时代主题下，像保护世界稀缺物种大熊猫那样，用智慧和力量保护国家的和平品牌，让巴斯这个中国人民向往和平的图腾，真正成为全世界人民的共同财富。

2015 年 11 月 28 日，我们在大梦山为巴斯庆祝 35 岁生日的同时，向世界宣告了“文化巴斯”的诞生；在 2017 年 1 月 18 日，为巴斯庆祝 37 岁生日，获得“世界上现存最长寿圈养大熊猫”世界纪录证书的同时，我们将“世界的巴斯，和平的图腾”中国印石碑落成，这座石碑，是“百岁女王”华丽转身的见证。

和平使者巴斯

借助“巴斯”的中国元素，向外传递中国形象

新华社福建分社社长　刘　亢

2015 年 11 月 28 日

今天我们相聚在这里，共同庆祝大熊猫巴斯 35 岁生日，很高兴在这样一个特殊而又有趣的场合和大家一起见证这位寿星生命的坚强与持久，一起分享许多珍爱它、呵护它的有趣的故事。巴斯有过辉煌而精彩的经历，它的每一次出现都给我们带来欢乐和美好，它曾经三次遭遇生命的磨难，幸运的是它每次都能绝处逢生。感谢给予它重生的每一位爱心人士和专家学者，是他们对生命的珍重和不懈努力，让我们今天能够在这里亲眼目睹这一奇迹。我觉得，巴斯不仅是地球上现存最长寿的大熊猫，它更是人类努力与自然和谐共处的生动见证。

印度圣雄甘地说：“从一个国家如何对待动物的态度可以判断这个国家的伟大与否和道德进步的程度。” 巴斯 35 年的生命轨迹，清

小朋友们分享巴斯生日蛋糕

晰地记录着我们对生命的敬重，对自然的敬畏。动物的多样性决定着地球的活跃度，我们对巴斯大熊猫的关爱和呵护，不单是对这种旗舰物种的重视，而是想通过这种重视来唤起更多的人对我们身处的地球珍视和保护，从而真正找到与自然、与地球和谐共生，永续发展的生存之道。

作为物种活化石的大熊猫巴斯身上，肯定藏着地球生长的许多密码，有些密码我们今天可能还无法解读破译，但它作为中国元素，作为和平友好大使的符号作用，我们始终运用得当，无论是 1987 年的出访美国，还是 1990 年作为亚运会吉祥物原型，巴斯的魅力征服了所有见过它的观众。作为国家通讯社的新华社，一直致力于传播中国元素、中国符号。在庆祝巴斯 35 周岁生日的系列活动中，新华网制作的“巴斯，向世界人民问好”短片在纽约时报广场连续播放 10 天，标志着“巴斯”时隔多年之后重返世界舞台。今天我们又与中共福建省委外宣办、福州市政府等单位联合主办巴斯寿辰系列庆祝活动，其目的也在传递关爱、传递友谊、传递中国形象。最后祝愿巴斯健康长寿，期待我们继续见证它的生命奇迹。

巴斯 37 岁生日

巴斯文化与科技创新

2016年12月5日，习近平主持召开全面深化改革领导小组第三十次会议，审议通过了《大熊猫国家公园体制试点方案》，大熊猫自然生态保护与文化生态构建，已上升为国家改革与发展战略。我国的大熊猫保护与相关生态建设工作将以此为契机，迈入一个新的发展阶段。

数字文化时代的文化传播与品牌构建，离不开前沿文化科技和实践创新体系的有效支撑。由科技支撑下的文化、传播、产业一体化的品牌打造模式，不仅有力地推动熊猫巴斯的世界级文化影响力在当代的新拓展，也将使大熊猫保护的文化生态建设，真正通过大众化与可持续，走向日常化与生活化。

中年巴斯

构建熊猫保护的文化生态 创新文化科技的融合路径
——熊猫巴斯数字化品牌内容开发整体规划及工作推进

中国科学院自动化所科学艺术研究中心主任
张之益

2017 年 1 月 18 日

大熊猫是重要的国家级资源与文化符号，熊猫自然生态保护与文化生态构建，已上升为国家改革与发展的重要部署。2016 年 12 月习近平主席主持召开全面深化改革领导小组第三十次会议，审议通过了《大熊猫国家公园体制试点方案》，我国的大熊猫保护与相关生态建设工作将以此为契机迈入一个新的发展阶段。而熊猫巴斯因其传奇的成长经历、国宝级的文化形象定位、世界范围内的关注度，成为了中国熊猫文化的标志。

中国科学院自动化所科学艺术研究中心主任张之益在巴斯 37 岁贺岁庆典上讲话

37 岁的熊猫巴斯，用自己独特的成长经历抒写了熊猫界的无数传奇：它是迄今为止熊猫届的高寿代表、是大熊猫栖息地生态保护工程的代言人、是曾扬名海外的世界级巨星、是亮相北京亚运会开幕式会场的吉祥物、是荣登央视春节联欢晚会表演舞台的重量级嘉宾、更是世界和平与文化交流的友谊使者……也正因其传奇的成长经历、国宝级的文化形象定位、

呵呵

世界范围内的关注度，巴斯成为了中国熊猫文化的标志，也成为了中国文化元素和中国文化品牌中极具代表性的宝贵资源。

海峡（福州）熊猫世界为巴斯营造了一个舒适自得的生活家园，不仅在大熊猫繁育、保护等领域做出了很多有益的工作，同时，也积极围绕大熊猫保护文化生态的构建，在熊猫科普教育、主题旅游等方面开展了一系列创新实践，以期面向当下大众文化体系建设的社会需求和时代特点，在更好地做大做强熊猫巴斯这一国宝级的文化品牌的同时，也能够借助明星巴斯的巨大文化影响力，推动形成全社会关注、参与大熊猫保护的文化聚焦。

而数字文化时代的文化传播与品牌构建，离不开前沿文化科技和实践创新体系的有效支撑。在数字文化时代文化传播与品牌构建模式全面重塑的今天，基于科学院独特的技术、平台和智库优势，依托底层大数据平台和虚拟现实技术、知识图谱技术、三维可视化技术、体感交互技术等前沿科技应用，围绕熊猫巴斯数字化品牌生态建设与内容开发进行全方位的战略布局，实现巴斯品牌内容的数字化开发、载体化运营、多元化布局与立体化传播，打造线上线下互联互通的知识传播与交互娱乐的全新

体验形式，全面构建基于数字巴斯IP资源的主题文化传播生态。既有利于熊猫巴斯的世界级文化影响力在当代的新拓展，形成熊猫巴斯这一国宝级文化IP资源在数字化传播网络下的新生长，同时也有利于巴斯明星效应优势向文化创意业态培育优势和中国文化国际化传播优势的新转化，从而推动熊猫保护文化生态的日常化与生活化。

为适时把握数字文化业态创新发展的时代机遇，更好地做大做强熊猫巴斯这一国宝级的文化品牌，中科院自动化所科学艺术研究中心基于科学院独特的技术、平台和智库优势，围绕熊猫巴斯数字化品牌内容开发重点规划推进了以下工作内容：

1. 规划产业化战略与发展路径，推动熊猫巴斯文化资源的创造性转化，打造载体搭建、产品开发、渠道拓展的完整产业布局模式。

熊猫巴斯品牌文化资源具备全产业链开发运作的体量和可能性，因此，我们前期围绕文化资源如何进行创造性转化和价值增值，重点在产品开发、载体搭建、渠道拓展等方面进行了相关的思考和实践，规划了熊猫巴斯数字化内容全产业链的产业布局战略与发展路线。

（1）载体化运营。文化的传承与传播总是

需要借由一定的物质媒介，而文化产业化发展与繁荣也需要依托一定的载体渠道。熊猫巴斯主题文化产业，将基于前沿的文化娱乐科技手段，打造一个具有高科技含量和引领先进性的创新体验型虚拟熊猫娱乐体验馆，不仅可以形成产业运营的示范性和数字化传播的联动性，同时也可以实现相关主题数据资产的持续积累，从而为熊猫巴斯数字化品牌整体运作提供产业母体，形成成本控制、便于运营、发展持续、品牌效应、创新聚焦的综合优势。

（2）多元化开发。熊猫巴斯主题文化产业，将构建基于数字巴斯 IP 资产的新的文化体验模式，打造基于内容经营的多位一体的复合型价值生态。以主题化数据资产的积累贯穿始终，确立由角色形象数据到内容产品转化再到商业生态拓展的品牌开发思路，形成以在线体验+主题场馆+衍生影视+教育传播+科研应用构成的拓展型产品开发序列，实现复合型文化衍生商业模式下的边际收益的最大化。

（3）立体化传播。提升数字时代巴斯文化品牌的传播影响力，实现多载体的主题文化内容传播体验服务，成为主题产业战略布局的另一重点。我们将结合实体娱乐体验场馆的建设，同时拓展移动巡展模式，基于可视化、交互化、娱乐化的主题文化传播理念，利用移动互联网技术、移动增强现实技术、智能交互技术、知识图谱技术、知识可视化技术等打造线上线下联动的主题文化传播渠道和立体化的整体传播方案，实现知识传播、交互娱乐的全新体验形式。

2. 确定技术路线与实施方案，打造大数据平台支撑下的熊猫巴斯数字化主题内容生产全新模式。

在全世界范围内，对于文化资源的创造性开发与产业化转化，成功范式当推美国。与美国相比，我国的文化资源在可开发性上是有原创优势的，换言之，中国并不缺少好的 IP，但是，在开发实效上却没能形成与资源体量相对等的路径和模式，在主题性、延伸性、品牌化、规模化、影响力上都不尽如人意，其中一个重要原因就是科技应用并没有形成对产业发展的足够支撑，或者说，多着眼于单点性的技术应用，却没有在三维影像、虚拟现实、大数据、商业智能等这些平台性技术上形成真正引领。熊猫巴斯数字化品牌打造，将依托大数据底层开发平台，实现平台型技术逻辑支撑下的熊猫巴斯主题内容生产的全新模式。

目前，我们在已经确立的技术实施路线整

体架构的基础上，开始启动了大数据底层平台研发工作，后续将分阶段深化可视化数据转化生成、虚拟角色交互表演、多终端知识服务等平台系统，以工业化、数据化的生产方式，实现以熊猫巴斯形象为主题内容的数据化全新生产模式，从而依托于大数据底层内容开发平台，以巴斯形象表演数据的积累、挖掘、利用为核心，推动项目内容开发工作的整体实施。

3. 建设熊猫巴斯生物学知识体系，实现熊猫巴斯生物学数据的全仿真科学复原。

熊猫巴斯数字化品牌的打造，以巴斯生物学数据的全仿真科学复原为基础和前提。为了保证模型、运动数据的科学性，科学艺术研究中心已经组织相关资源，启动实施熊猫巴斯生物学知识体系的建设，在此基础上应用全仿真影像技术实现了熊猫巴斯动作行为、体态结构等生物学数据的科学复原，从而为后续的主题内容整体开发和深度化的品牌运作提供数据基础。

4. 建构品牌与商业创新体系，推进基于下一代商业智能的熊猫巴斯数字化平台、业务、品牌与战略发展的一体化。

文化、科技、商业的一体化日益成为当代文化创意产业发展的引领模式，它也创造出了不同于传统的文化商业模式。科学艺术研究中心基于自身在主题文化新兴业态培育及文化商业智能技术领域的历史探索，结合熊猫巴斯数字化品牌开发的产业特性，建构了基于下一代商业智能的全新品牌与商业创新体系。有别于传统的文化商业智能体系，该体系具有高技术支撑下的高体验性、高延展性与高聚焦性等突出特点，推进知识服务、品牌打造、商业拓展的全面创新，从而在商业构想层面逐步推进熊猫巴斯数字化平台、业务、品牌与战略发展的一体化模式。

5. 根据熊猫体验馆载体内容规划具体部署，完成了四类不同体验形式的展项内容研发工作。

（1）基于巴斯生物学复原数据实现视觉化仿真。

基于前期完成的巴斯生物学复原数据，进一步开发完成巴斯形象的视觉化仿真再现。我们采用三维 CG 影像技术对巴斯形象进行高精度仿真复原，生产输出五段不同视角和类型的展示动画，全方位再现了巴斯动作行为、体态结构等特征，在独立的展示价值之外，也为后续的内容开发工作提供了重要的模型与动画数据基础。

（2）《传奇巴斯》——特效影像体感随动表演。

此交互程序是将粒子特效影像技术与红外传感技术相结合，以动静结合、人机互动的趣味体验形式，表现熊猫巴斯传奇一生中比较重要的精彩瞬间。我们利用基于红外传感的人体检测技术，计算人体运动趋势，赋予原本组成画面的静止粒子一定的引力，将画面粒子吸引到体验者的人体轮廓内部，并运用粒子群仿生学运动算法，能够使粒子运动达到自然和流畅的效果。静态画面人体跟随模式是一项动静结合的互动式应用，在有无体验者时分别以不同的形式进行艺术化的展现，达到动静结合，相互衬托的美妙视觉体验。

（3）《活力巴斯》——虚拟影像演绎智能互动。

此交互程序是将人体动作捕捉与三维可视化技术有机结合，由体验者发挥自己的想象呈现一个充满生命动感的活力巴斯。通过动作捕捉模块识别体验者的骨骼动作和姿态，系统自动识别体验者的动作行为并以此驱动虚拟巴斯的行为反馈，实现体验者与虚拟巴斯之间的直接互动。而在三维可视化方面，我们融入了粒子渲染技术和柔性模拟技术，对虚拟巴斯的形

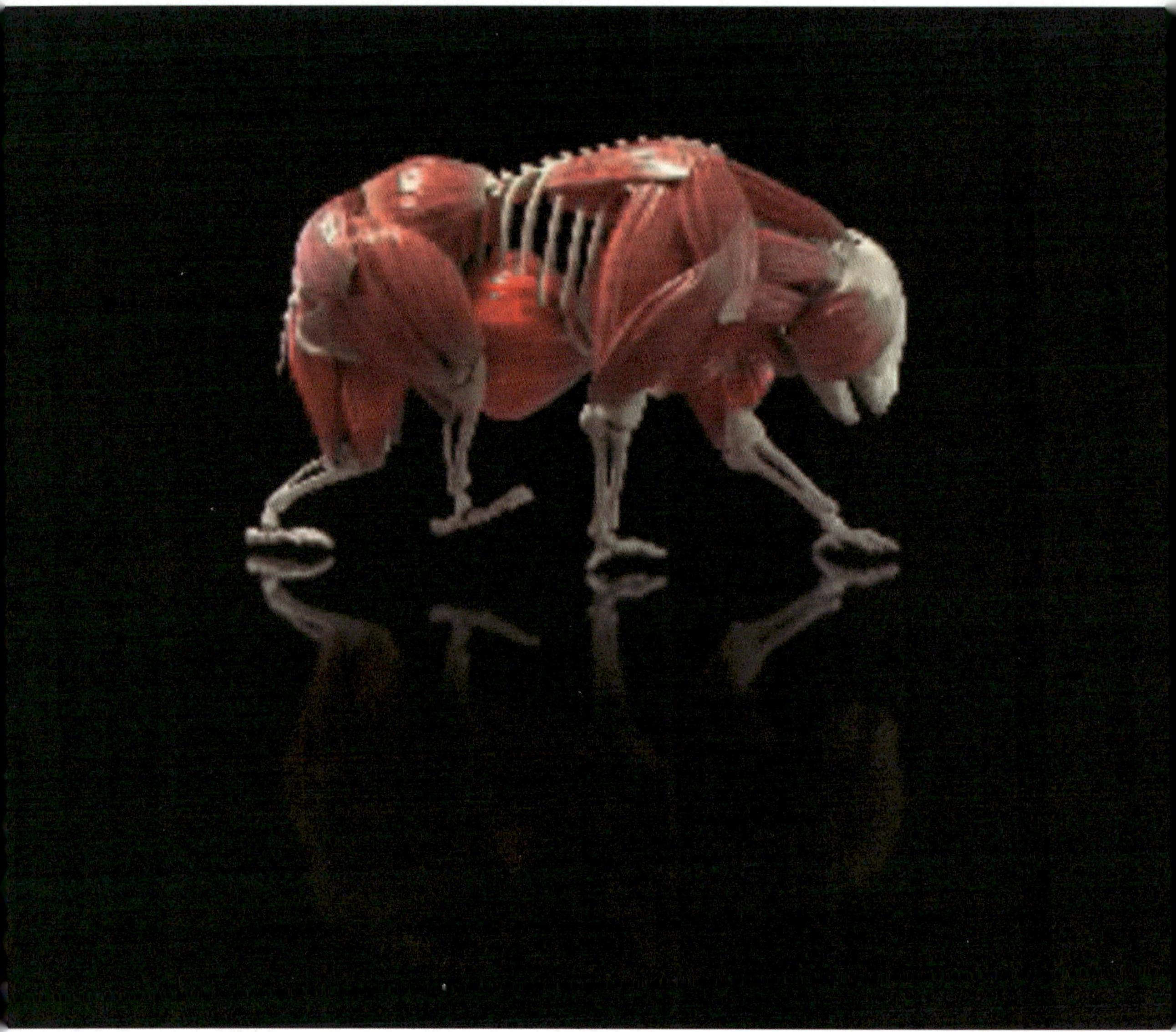

虚拟巴斯

象进行丰富，从而使得虚拟巴斯对体验者动作行为的反馈更具灵敏性和生动性。

（4）《魅力巴斯》——仿真放大复原的艺术造像

此展项是将仿真放大复原的科学数据与现代雕塑造像艺术手法相结合，打造魅力巴斯的艺术化雕塑。我们通过独特的雕塑造像艺术手法，呈现一种由物理的质感、纯粹的线条、繁复的结构、多层次的空间融合而成的熊猫巴斯的艺术化形象，在整个熊猫体验馆展示空间内将形成静态雕塑与动态光影的相互映衬与烘托，从而丰富整体空间的展示维度与体验层次。

目前科学院团队基于自身在主题文化业态培育领域的多年积累，已在熊猫巴斯的知识体系构建、视觉仿真数据复原、内容开发整体技术架构、底层文化大数据平台搭建、可交互式主题体验内容开发等方面取得初步建设成果。

仿真巴斯

和平图腾开启巴斯文化时代

和平，是中国人民自古以来就有的信仰。明朝时代，“和平使者”郑和七下西洋，向世界传播中华文明和“共享太平之福”的和平愿望。2015 年 11 月 23 日，李克强总理在参加东亚合作领导人系列会议时说：“郑和播撒的

《巴斯，向世界人民问好》国家品牌形象宣传片，将巴斯“和平图腾”文化传播到世界各地

是和平、友谊的种子，结出的是和谐、包容的果实。”

在和平与发展的时代，世界需要和平主题的故事。巴斯穿越了时间与空间的距离，为世界描绘了一幅“和平图腾”。

讲好巴斯的故事，就是传播中国真诚的和平文化，为子孙后代留下文化的烙印和精神的财富，让世界看到中国印品牌的影响力。

散步

讲好巴斯的故事，传播和平文化

“家有一老，如有一宝。”大熊猫巴斯已是相当于人类年过百岁的老者，它伴随这个时代成长，见证这个时代的进步，它牵动着许多人的心，它所创造的传奇，无不印证着中国文化的影响力；它为生物科技发展、生态文明进展带来了不可估量的价值。讲好巴斯的故事，传播和平文化，推动“生物巴斯”向“文化巴斯”的升华，让中国和平文化元素融入全球化进程，增进国际交流与合作。

2015 年 9 月 22 日，在习近平主席访美并出席联合国成立 70 周年系列峰会期间，中品国际联合新华网制作了《巴斯，向世界人民问好》的国家形象宣传片，在纽约时报广场播出。宣传片以宏扬“巴斯精神”为主线，讲述了巴斯“对世界的贡献、对和平的贡献、对文化的贡献、对体育的贡献、对品牌的贡献”等五大贡献的传奇故事，向世界人民传递了“巴斯，是中国人民向往和平的图腾，是全世界人

杨勇进（左）与
陈玉村（右）

高瞻远瞩

民共同财富”的声音。“和平图腾”文化形象的诞生，在海外华人华侨中引起热烈响应，成为世界各国媒体争相报道的热点新闻。

2016 年 7 月，中国科学院自动化研究所开展了以巴斯生物基因结合科技创新的仿真巴斯的科研工程，通过高新科技的文化创造，让人们在多维空间共享巴斯带来的文化魅力。

当前，国家进入品牌建设的重要时期，国家品牌需要特色鲜明的文化内涵，和平文化正是“中国印”的核心价值。2017 年 1 月 14 日“中国印·企业品牌竞争力评价标准的发布会”在北京钓鱼台召开，此次发布会的意义是以巴斯的品牌影响力打造“中国印”，并为此确定评价标准，为质量卓越的中国制造和中国新经济烙上“中国印”的品牌标识。讲好巴斯的故事，目的是讲好中国品牌的故事，把巴斯形象融入中国制造的品牌形象中，成为品牌强国中国梦的方向和着力点。

注视

第三章

让世界分享中国印

让世界分享中国印彰显“中国印”的世界意义：“中国印”品牌向世界传递中国品牌的独特文化、价值、质量、技术等综合信息，提升中国品牌的国际形象和地位，引领中国品牌走向世界；同时，向世界传递中国和平发展理念、呈现中国和平形象，展示中国为实现中国梦、为世界做出的和平贡献！

中国印的主旋律

中国印的主旋律，就是这个时代的声音。在质量强国和品牌强国建设的征途上，中国印品牌需要唱响主旋律，企业家精神需要共同的主旋律来激励。

新中国自成立以来，从气势磅礴的《黄河大合唱》到深情满怀的《东方红》，从大气无华的《春天的故事》到壮志在胸的《走进新时代》，无不是通过歌曲的创作，印证时代的进步，印刻着中华民族复兴之路上每一步坚实的脚印。

中国音乐家协会原主席傅庚辰为中国印创作了歌曲《自个儿的事》，2013 年 3 月 1 日，在“纪念毛主席等老一辈革命家为雷锋同志题词 50 周年傅庚辰作品音乐会”上，由歌唱家

自个儿的事

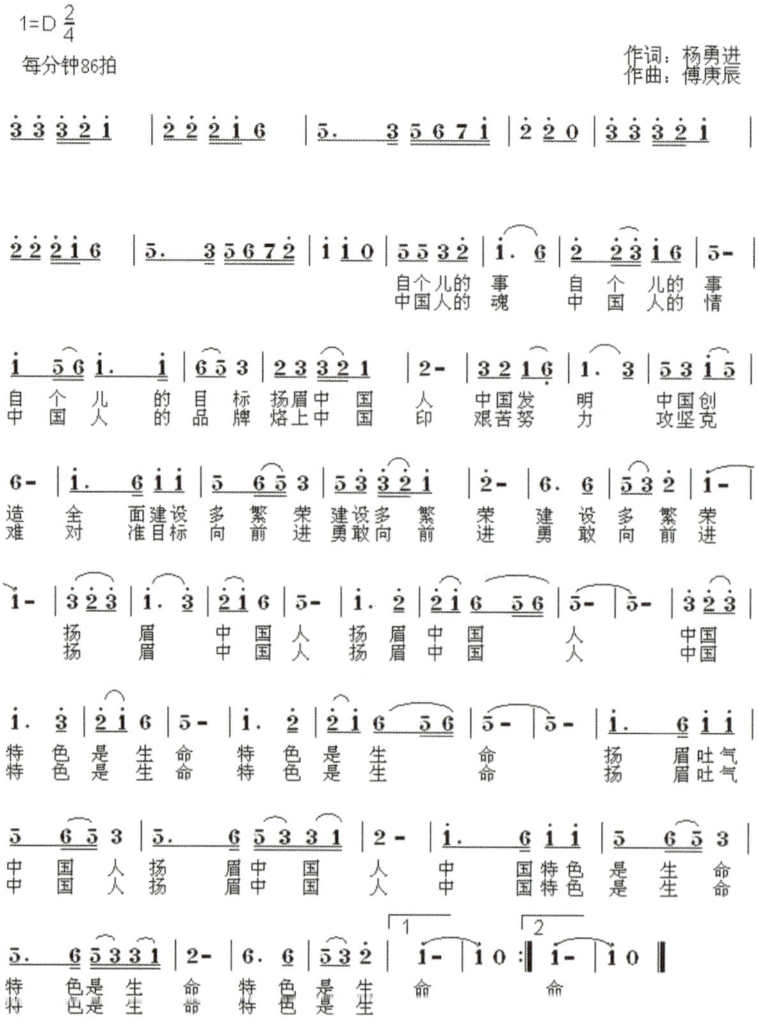

中国人自个儿品牌主旋律

中国音乐协会原主席傅庚辰

王丽达首次演唱。

《自个儿的事》，歌词中“扬眉中国人，特色是生命，中国人的品牌，烙上中国印”，不仅是在品牌时代激发企业家的创新精神，也是“人人品牌”的精神动力。

2015 年 9 月 30 日，当傅老看到《巴斯，向世界人民问好》国家品牌形象宣传片在纽约时报广场播放，感慨万千，这位 80 岁老人在接受新华网采访时，说了一番话，正是中国品牌觉醒的呼声，值得学习：

“《自个儿的事》，是中国特色。现在，习近平主席讲的四个全面，第一个就是全面建设中国特色的社会主义，然后是全面改革开放，全面依法治国，全面从严治党，所以，我觉得《自个儿的事》跟中央精神非常吻合。

“‘自个儿的事，自个儿的情，自个儿的目标，扬眉中国人。’我想这是一个时代的声音，是一个时代的呼声，是老百姓发自内心的话，它唱出了老百姓的心声。

“中国要强大，怎么强大？就是要有特色才能强大，没有特色，就没有竞争力，就强大不起来。特色就是发明、创造、开创、开拓、前进，对准目标向前进。所以，这个主题很好，和中央的精神吻合，和时代的呼声吻合，和老百姓的要求吻合。

“中国梦，伟大的中华民族要奋发图强，我觉得国家富强，人民幸福，这就是中国梦，这就是核心。习近平主席说过，共产党的宗旨，就是让老百姓过上好日子，那我们自个儿的事办好了，国家富强了，老百姓自然就会过上好日子。

“所以，这个主题应该高声歌唱，应该大力宣扬。我能为这样的歌曲作曲，能写这样一首歌，由衷地发自内心地歌唱，我很高兴。”

关于中国印的故事

中国印的故事，要从“品牌强国，人人有责”的信念说起。

正是因为“品牌强国，人人有责”的信念，“让世界分享中国印”的国家品牌建设计划，得到了社会各界的大力支持，取得了现在的成果。

以大熊猫巴斯为原型塑造的“中国印”，不仅是品牌评价认证标识，而且是经过 10 年“中国人自个儿品牌管理体系”建设的过程。

“中国人自个儿品牌管理体系”包括：品牌保护、品牌传播、品牌培育、品牌监测和品牌评价五个方面的建设内容。

根据国家品牌建设的相关文件指导，中品国际联合中国社会科学院、中国科学院、国务

巴斯是福州的名片

院发展研究中心等国家智囊机构，进行特色鲜明、目标明确的中国人自个儿品牌管理体系的构建，在理论研究的基础上，指导品牌建设工作科学推进。根据中国人自个儿品牌管理体系的发展需要，进行知识产权保护和法律保护，同时联合社会力量，形成品牌建设结构化升级及产业化发展的多元参与格局。

2006 年，国家工商总局对“自个儿”品牌进行分类，共 45 大类，对 12000 个商标进行保护并对巴斯国标商标进行保护，商标覆盖全球 50 亿人口的国家和地区。2007 年，中品国际终身认养并保护大熊猫巴斯，开展巴斯文化公益事业，并在 2011 年，与中国社会科学院品牌专业委员会共同开展《中国人自个儿品牌标准化工程体系》的理论研究，为“中国人自个儿品牌管理体系”建设提供科学的理论依据。此项课题被列为“十二五”国家课题。在理论基础上，将巴斯的形象设计为引领中国品牌走向世界的“国宝标”，并在中国人自个儿品牌标识中加入巴斯的“国宝标”形象，进行知识产权保护。

2014 年，中国社会科学院确定了中国人自个儿品牌“自尊、自强、自信、自立、诠释中国梦”的文化价值。

“自个儿”，在口头语言表达中，是中国北方大部分地区的民间用语，也是全国人民、海峡同胞和世界华人心中母语体系的“乡音”，直明达意，共同的语言成为连接民族情感的桥梁纽带；在品牌语言塑造上，“自个儿”的创意源于中国特色的自主创新发展规律，提升中国民族品牌和自主品牌的意识，将“人人、事事、物物”信息，浓缩到“自个儿”品牌文化符号中，通过“自尊、自强、自信、自立，诠释中国梦”的文化价值提炼，加强个人、社会、企业、政府、国家、国际的不同层面，对“自个儿”品牌语言的从内而外，从外至内的理解和升华；在国际语言传播中，“自个儿”是中国民间语言融入国际品牌语言的创新尝试，国际通用语言中“Ziger”与汉语拼音的拼写一致、发音一致，在国际交流中容易接受中国特色鲜明的品牌语言的文化影响，具有世界融通性。

“自个儿”，在国际通用语言中，表达为“Ziger”，其中“g”的意义也是“全球”（Global）的缩写。将“Ziger”中的“g”设计为巴斯的形象，是中品国际在树立全球发展世界观的基础上，以国家品牌战略思考为基本前提，升华巴斯所具有的“世界和平品牌”的文化内涵，通过中国特色的品牌语言，融入到世界品牌语言之中，使中国品牌更容易得到世界人民的理解和认同。

“自尊、自强、自信、自立，诠释中国梦”是中国人自个儿品牌的文化价值，也是“自个儿”作为品牌语言的文化内涵。中品国际提出“品牌强国，人人有责”增加了“自个儿”对于品牌建设者、品牌创造者和消费者的自主意识、创新意识和责任意识。尤其是对于消费者来说，在“互联网+”发展的时代，全球进入了品牌消费阶段，逐步加强品牌意识，提升对品牌价值的理解，从被动接受，到主动参与、主动选择、主动评价、主动传播，是提升中国产品品质，增加有效供给，推动供给侧改革的市场动力。

在“人人参与、人人尽力、人人享有”的社会发展要求中，自个儿的“四自一梦”文化内涵，可以通过塑造和传播，更好地发挥政府的引导作用、企业的主体作用以及品牌价值在市场中的决定性作用，更好地让大众理解“用自个儿的力量，实现自个儿的梦想”“美好生活从自个儿开始”，从而提升幸福感、满足感和收获感，这是“自个儿”的文化力量，也是对“人民对美好生活的向往，就是我们的奋斗目标”的深刻解读。

由中国音乐家协会原主席傅庚辰创作的歌曲《自个儿的事》，在 2013 年 3 月 1 日，纪念毛主席等老一辈革命家为雷锋同志题词 50 周年音乐会首唱。成为中国印品牌的主旋律。

品牌传播体系的建设，分为三个阶段：

第一阶段，通过公益传播，公布中品国际创建中国人自个儿品牌的发展目标——让世界分享中国印，创作了品牌时代主旋律《自个儿的事》和品牌强国主题的文化作品，成为中品国际的文化核心。

为提升社会品牌强国意识，创作并传播公益文化作品。2008 年，与中央电视台合创播出《相信品牌的力量》公益广告，以黑白水墨作为构思元素，宣扬品牌的无形力量；2009 年，创作第二幅公益广告《中国人自个儿品牌》诠释品牌的无界相通，并荣获第二届中国电视公益广告“金鸽奖”；2010 年，以“大德大仁”的思想精髓，撰写《品牌强国》政论篇；2012 年，拍摄完成《品牌强国》九集电视片；2013 年，参与中央电视台《中国精神之品牌的力量》六集专题片制作。所创作的文化作品，是中品国际文化产业的基础。2009 年，《中国人自个儿品牌》公益广告中首次提出中品国际品牌建设目标——让世界分享中国印："中国红，红透中国心；中国结，联通中国情；中国风，席卷地球村；中国音，震撼全世界；让世界分享中国印，中国人自个儿品牌。"

第二阶段，是将"中国印"的原型——大熊猫巴斯，进行文化塑造与传播，通过讲好巴斯的故事、和平的故事和品牌的故事，打造中国文化 IP，并形成文化产业链，在巴斯文化塑造的同时，进行中国人自个儿品牌管理体系的传播管理和传播平台建设。中品国际先后与新华网、央视网达成战略合作关系，并成立了中国品牌剧制播中心和巴斯媒体联盟。在此阶段，中品国际创作了《巴斯，向世界人民问好》国家品牌形象宣传片，通过举办巴斯庆生活动，搭建世界级传播平台。为打造城市文化名片，进行"世界的巴斯，和平的图腾"中国印雕塑地标性文化建设。通过巴斯文化的影响力，为中国品牌向世界传播打开畅通渠道。

第三阶段，是在"互联网+"发展的时代，面向中国品牌国际化传播的未来，以"中国印品牌联网"的超前思维，建设全球性的数字化品牌的传播平台和电子商务平台，依据 CBI、CBV 核心数据，有针对性地研发科技应用技

自个儿

术，渗透性地服务消费者，满足企业与品牌，品牌与质量，质量与信息，信息与民生的现实需要，同时，在闽江口的粗芦岛建设“世界品牌论坛基地”，为中国品牌经济的发展，搭建重量级的国际传播平台。

品牌培育建设围绕中品国际创建的代表国家品牌形象的“国宝标”，引领中国品牌走向世界的发展思路，编写品牌管理教材，搭建创新孵化平台，打通内外交流脉络，建设品牌培育基地，进行产业链布局，实现品牌

品牌学历系列教材及《品牌管理大全》

经济发展。

品牌管理专业教育考试及职称评定组织

2012年，中品国际协助并组织品牌专家学者编写出版品牌管理全套12门专业教材，与中国市场学会品牌管理委员会共同联合清华大学等多所高校，开展品牌管理专业学历高级培训，填补了国内品牌教育培训项目的空白。

同年，中品国际针对中国品牌管理需要500万人才，而教育部尚未纳入大学专业目录，高校尚未开设这一专业的情况，依托中国市场学会，与教育部考试中心联合下发“关于合作开考中国品牌管理岗位水平证书考试项目的通知”（教试中心函【2012】54号），在全国开展BMAT考试。全国高等教育自学考试指导委员会“关于印发高等教育自学考试工商企业管理专业（品牌管理方向）（专科、独立本科段）考试计划的通知”（考委【2012】1号）下发后，中品国际可在全国参与组织该学科考试。

搭建多元化品牌“走出去”平台，提升中国品牌价值

2011年，中品国际与中国社会科学院共同承办“中国品牌管理大会”、行业品牌高峰论坛和中国品牌产品博览会。2011年11月在武汉大学举办首届“中品杯”全国大学生品牌创意大赛，国内“985”和“211”大学及其他高等院校派代表参加了大赛。2013 年，中品国际与中国高科技产业化研究会达成战略合作伙伴关系，合作开展中国航天成果展，宣传中国航天供应商品牌，凝聚产、学、研各方力量，推动中国品牌走出国门、走向世界。2014 年，中品国际与中法品牌促进会承办“2014 中法品牌（巴黎）年度峰会暨中欧品牌（法国）颁奖盛典”。

2011 年，中品国际与中国社会科学院、中国市场学会品牌管理专业委员会合作开展“中国企业品牌竞争力指数（CBI）”研究，成立中国企业品牌竞争力指数（CBI）项目管理组织，对中国企业品牌、行业品牌的竞争力进行科学系统的评价管理。

2014 年，中品国际与中国社会科学院市场学会品牌管理委员会签署补充协议，对 CBI 知识产权进行了保护，全面合作开展 CBI 项目的理论研究、指数监测、指数发布、品牌评价等活动的策划和组织实施。

1. 智库成果

中品国际与中国市场学会品牌管理委员会合作成立了“中国企业品牌竞争力指数”研究

的顾问委员会、学术委员会、编辑委员会和专家组，开展“中国企业品牌竞争力指数(CBI)”研究，构建了“中国企业品牌竞争力指数（CBI）系统”，创造了中国社会科学院“中国品牌创新工程”成果。

2. 品牌竞争力指数理论

根据国务院《国家知识产权战略纲要》的精神，立足对品牌的创造、运用、保护和管理，通过重点课题的形式，开展数据收集，研究计算各行业、各企业的品牌竞争力指数(CBI)、品牌竞争力分指数（CBI-X）、品牌竞争力应用指数（CBI-Y）、品牌竞争力分指标指数（CBI-Z)，形成中国品牌经济的计量模型，成为反映品牌价值与企业品牌竞争力的权威的“中国企业品牌竞争力指数系统”。

通过对企业品牌运营的评价，揭示企业品牌成长的规律，及企业在品牌运营方面的优势和劣势，引导企业加强对品牌资产的培育和利用，增强企业的品牌竞争力，同时为政府决策、百姓消费、企业发展、学术研究提供可靠的数据。

“中国企业品牌竞争力指数系统”从国际产业价值链分工的视角提出中国企业竞争力提升的重要路径：一是提高自主创新能力，在技术创新方面赶上世界先进行列，实现由“中国制造”向“中国创造”的品牌转变；二是塑造一批具有国际竞争力的自主品牌企业，分享国际产业价值链中的高附加值成果，实现由“经济大国”向“经济强国”的转变。

3. 全国品牌指数蓝皮书

中国企业品牌竞争力评价体系主要是运用4项一级指标、18项二级指标与72项三级指标，对产品品牌竞争力、行业品牌竞争力、区域品牌竞争力进行评价；评价角度主要从品牌财务表现、市场表现、消费者支持和品牌可持续性发展潜力等方面展开。确保评价指标体系的系统性（企业内部，如发展潜力、财务表现和市场表现指标；企业外部，如消费者支持）、动态性（现状，如市场表现、财务表现和消费者支持指标；未来状况，如发展潜力指标）、科学性（定性指标，如发展潜力和消费者支持指标；定量指标，如市场表现、财务表现）。

自2011年起，中品国际与中国市场学会品牌管理委员会连续5年对全国15个行业、2000多家上市企业进行市场监测，通过客观真实地反映中国品牌竞争力发展水平，科学公允地反映品牌创造、运用、保护和管理现状，把握品牌形成和成长的内在规律，对品牌价值

中国企业品牌竞争力指数报告

进行整体评估。5 年来，分行业研究编写指数报告，每年出版《行业品牌竞争力指数系列报告》《中国企业品牌竞争力指数排行榜》，并将中国企业品牌、行业品牌的竞争力评估结果，通过中国社会科学院《中国企业品牌竞争力指数（CBI）报告》（蓝皮书）进行发布。

消费指南

在我国经济发展进入新常态，居民消费、服务业比重上升的形势下，CBI 指数走势图，可作为消费者在消费时选择商品和服务的参考，从而获得更好的品牌提供的更优质的产品与服务。

经专家委员会鉴定，CBI 体系在对政府、企业及市场作用方面具有很强的实践性、实用性和可操作性的特点。

CBI 对政府的作用，主要体现在：中国企业品牌竞争力指数（CBI）的首要意义在于用数字说话，推进我国从重经济数量（GDP）转变为重经济质量（品牌），推进我国品牌经济的发展，这对于新时期我国行政管理、经济管理的转型具有重要意义。

通过指数监测，进行微观分析、中观比较、宏观预测，全方位反映全国行业企业品牌建设情况，有利于各级政府及有关部门了解各行业、各区域的品牌发展状况，及时掌握各行业和企业品牌建设上存在的问题，加大对产品质量的监管和对自主品牌的扶持力度，有针对性地加强自主品牌发展规划和管理，使区域品牌、行业品牌沿着正确的道路发展，从基础上培植中国企业的软实力。

CBI 对企业的作用，主要体现在：中国企业品牌竞争力指数（CBI）目前对全国 15 个行业、2000 多家上市企业进行 CBI 指数监测，企业根据《行业品牌竞争力指数系列报告》和《中国企业品牌竞争力指数（CBI）报告》（蓝皮书），发现本企业品牌运营管理方面的优势和劣势，从而有针对性地加强对品牌资产的培育和利用，增强企业的品牌竞争力。

另外，着眼于万众创业的社会发展实际，中品国际正在着力推进企业“品牌资产化、资产市场化、市场（品牌金融市场）产业化”的进程，企业可以使用自己的品牌作为无形资产来抵押、交易、转让，在当前实体经济融资难的情况下，为企业解决资金问题开辟了新的可操作的便捷的渠道。

CBI 对市场的作用，主要体现在：品牌是消费者选择商品和服务的方向标，消费者需要从权威的机构来获得品牌评价的信息，同时，对于投资上市企业的股民和投资新三板企业的投资者来说，CBI 指数和新三板品牌竞争力指数（CBI）情况，为资本交易参与者提供数据参考。

《中国企业品牌竞争力指数（CBI）报告》（蓝皮书）是消费者手中的“消费指南”。

5年来，通过对企业品牌竞争力指数（CBI）、品牌竞争力分指数（CBI-X）、品牌竞争力应用指数（CBI-Y）、品牌竞争力分指标指数（CBI-Z）的构建和分析，形成我国反映品牌经济与企业品牌竞争力的权威的指数监测体系，建立中国品牌经济的计量模型，形成品牌经济的竞争力监测信息产业。

2012年，中品国际与中国市场学会品牌管理委员会合作成立的“中国企业品牌竞争力指数”顾问委员会、学术委员会、编辑委员会和专家组大力推进研究工作，同时双方还成立品牌管理评价组织，对中国企业品牌、行业品牌的竞争力进行科学系统的评价管理。

通过客观真实地反映中国品牌竞争力发展水平，科学公允地反映品牌创造、运用、保护和管理现状，把握品牌形成和成长的内在规律，对品牌价值进行整体评估，并将中国企业品牌、行业品牌的竞争力评估结果，通过中国社会科学院《中国企业品牌竞争力指数（CBI）报告》（蓝皮书）进行发布。

2016年，中品国际与国务院发展研究中心中国企业评价协会达成战略合作关系，由中品国际成立品牌评价委员会，构建“中国印”品牌竞争力评价标准，形成具有权威性和公信力的第三方品牌评价机制。汇聚国内企业评价领域的权威专家及研究团队，开展年度评价、数据分析、报告撰写及评审等工作，并出版年度报告。

在新一轮科技革命和产业变革与中国加快转变经济发展方式的历史交汇处，中国品牌成为中国形象和中国获得全球利益的重要载体之一，同时中国品牌也面临着国际规则、全球利益和国际话语权的挑战。

中国品牌要走出持续增强的成功之路，需要能够阐明中国和平发展理念的“中国印”，在万物互联的智能化时代，传递中国品牌的文化、价值、质量、技术等整体综合信息，不仅通过品牌传递和平，也能促进并保护国家品牌经济的发展和安全。

中品国际，10 年来为创造“中国印”，创建了中国人自个儿品牌管理体系，积极从事中国品牌的保护、培育、传播、监测和评价，创建和搭建了金融链平台；创造了国际品牌语言“自个儿”，明确“四自一梦”的文化价值，提出“品牌强国，人人有责”，要用自个儿的力量实现民族复兴的中国梦；以极富中国和平文化特色和世界人民公认的世界和平品牌大熊猫巴斯为原型，塑造并提炼成“中国印”标识；与国家智囊机构联合，针对中国企业大部分还处于附加价值较低的制造环节的实际情况，开展中国企业品牌竞争力提升的研究，经过5年的市场监测，将中国企业品牌竞争力指数（CBI）的理论与实践成果，形成中国唯一品牌指数蓝皮书发布，并成为品牌建设者、创造者和消费者的行为指南；为使具有国际竞争力的中国品牌，分享国际产业价值链中的高附加价值成果，实现“发挥品牌引领作用，推动供需结构升级”的发展要求，国务院发展研究中心中国企业评价协会围绕打造中国印成立品牌评价委员会，开展中国印品牌价值标准的研究、制定、评价、认证和发布，并对“中国印”进行保护与管理。

2016年11月18日，在召开的“中国印·企业品牌竞争力评价指标体系专家评审会”上，经过全国品牌专家严格论证，一致确定以巴斯为原型的“中国印”为中国企业品牌价值评价认证标识，一致认同“中国印”品牌价值评价标准对中国品牌建设的不可替代的作用和影响。

2017年1月14日，“中国印·企业品牌竞争力评价标准”发布会召开，会议致力于推动“让世界分享中国印”成为国家品牌建设计划。

2017 年 2 月，中品国际与中国社会科学院品牌创新工程课题组完成了“中国印·企业品牌价值评价标准体系”的构建工作。中国印·企业品牌竞争力指数（CBI）和中国印·企业品牌竞争力价值评价标准（CBV）是“中国印·企业品牌价值评价标准体系”的重要组成部分。其中，中国印·企业品牌竞争力价值评价标准（CBV）在中国印·企业品牌竞争力指数（CBI）理论基础上有以下创新：

在整体思路上，按照科学、合理、严谨的原则，把难以测量的定性变量进行量化，同时，最大限度地搜集可以测量的指标进行全面系统地分析。

在分析视角上，秉承 CBI 评价体系的精髓，将宏观与微观层面系统整合，分层次、分行业、分区域构建品牌价值评价标准体系。

在研究方法上，采用应用多元统计分析方法，将描述事物状态、性质的一组变量缩减为反映这组变量之间的内在联系、起主导作用的共同性变量，量化可测变量之间的依存关系问题。

在权重设计上，使用因子分析中主因子得分作为权重，这与经验意义上的传统专家打分法不同，并且，在因子分析方法中，可以计算出第二级和第三级测量指标的权重。

在公式演变过程中，构建出由四个方面综合考察而成的评估系数 A，并进一步解析出与因子分析中主要因子权重的加权线性和，实现 CBI 向 CBV 转化。

中国印·企业品牌价值评价标准体系的建立，是“中国印”国家品牌形象与企业品牌价值评价国际标准的创新结合。通过中国印·企业品牌价值评价标准体系的综合模型计算与评价，为中国最好的制造和最好的品牌烙上“中国印”。让中国印品牌走向世界，将提升中国品牌竞争力、带动中国产业发展，使中国制造和中国品牌在国际产业价值链中获得高附加值。

自中品国际创造性地提出“让世界分享中国印”的品牌建设发展规划以来，经过 10 年的艰苦创业，不仅在品牌保护、品牌培育、品牌传播、品牌监测和品牌评价五个方面，形成了金融链运营的基础，而且为世界品牌经济时代，呈现了中国所具备的第三方品牌评价的能力，并成为从国家的顶层设计、政策指导，到理论研究、信息数据，再到产业延伸、跨界融合的焊接点。

我们要为这个伟大的时代的人民创造财富！

巴斯文化创始人杨勇进（左）、陈玉村（右）

中国印·企业品牌竞争力评价标准发布会

2017 年 1 月 14 日，在第十五届中国企业发展高层论坛上，中国企业评价协会发布了“中国印·企业品牌竞争力评价标准”。该标准是为了全面贯彻落实《国务院办公厅关于发挥品牌引领作用 推动供需结构升级的意见》［国办发（2016）44 号］，更好地发挥企业品牌的引领作用，推动供给结构和需求结构升级。在经过专家论证、学术研究的基础上，特别制定了此标准。

2017 年 1 月 14 日，“中国印·企业品牌竞争力评价标准”发布会在京举行

大力推进中国品牌建设

在此次发布会上，全国政协委员、国务院发展研究中心原副主任、中国企业评价协会会长侯云春发表了重要讲话。他指出：本次标准的发布，一方面有利于企业认识品牌的成长规律，在“品牌竞争”时代实现品牌的科学管理和品牌战略的持续推进，并向广大消费者传达企业品牌的健康状态和发展趋势，起到消费引领作用；另一方面，有利于更好地发挥品牌引领作用，推动供给结构和需求结构全面升级，实现“中国制造”向“中国创造”和“中国品牌”的战略转变，加快经济发展方式由外延扩张型向内涵集约型、由规模速度型向质量效率型的转变。侯云春还指出“标准”对我国品牌建设有着重要意义。品牌代表着供给结构和需求结构的升级方向，是企业乃至国家竞争力的综合体现。品牌建设是当前扩大消费的重要战略步骤，是实施品牌战略、消费转型升级的必由之路。

祝福

我国在过去 30 多年，经济保持高速增长，经济总量已经位居世界第二，尤其是近些年，质量品牌发展也得到充分重视和长足进步。主要概括为三个方面：

一是我国从国家战略高度重视品牌发展。2015 年国务院颁布的《中国制造 2025》，把质量品牌建设提上战略高度，2016 年国务院办公厅印发关于发挥品牌引领作用推动供需结构升级的意见及《关于开展消费品工业“三品”专项行动营造良好市场环境的若干意见》，这些大政方针的制定体现了我国对品牌经济发展的高度重视，是我国品牌发展的重要成就之一。

二是国内产品品牌数量在不断丰富。改革开放以来，我国经济发展从建国初期的物资匮乏的卖方市场到品种丰富的买方市场，再到现在品牌经济发展的初级阶段，在各个产业中涌现了很多知名品牌，不少行业都有品牌十强、百强企业排行榜，国内各大知名、著名品牌家喻户晓，品牌经济初见成效。

三是国内品牌开始走向国际。我国的品牌经济正处于初级阶段，但已经有了中国高铁、航天和核电三大名片，同时像家电、电子信息、工程机械等领域的很多品牌也走出国门，在全球市场中占有一定的份额，走向国际是中国品牌发展取得的重要成就之一。

互联网的发展为品牌传播带来巨变。一方面，传统品牌传播方式受到冲击，品牌传播的需求与方式也发生了深刻的变化；另一方面，技术发展和升级换代也为品牌塑造和品牌传播提供了新的方法和手段。现在的品牌传播变得更具有可视性、体验性、互动性，品牌传播从平面到立体、从单一渠道到多元共生、从一对多到一对一，还有一些品牌传播方式在互动性中充满了情感性，更为人性化。

目前，我国在企业竞争力评价和品牌管理方面还没有一个科学、统一和标准化、持续性的指标体系，加强对中国企业品牌竞争力研究既意义重大又十分紧迫。此次发布企业品牌评价标准，目的就是探索建立科学的品牌竞争力指标评价体系，客观反映我国品牌竞争力发展水平，进而引导企业通过培育品牌提升竞争力，促进我国自主品牌发展壮大。

“中国印·企业品牌竞争力评价标准”的发布，是中国规范企业品牌评价的起点。中国企业评价协会将通过这一“标准”来评价企业品牌，努力推动企业树立品牌意识，打造企业自己的品牌架构，塑造更有责任感的品牌形象。

同时，中国企业评价协会也会在实践中不断完善“企业品牌评价标准”，在操作中不断更新与实际不相适应的地方，努力建立起一个科学、权威、可靠的评价标准，向世界推送优秀的中国企业品牌，树立起中国企业在国际上的良好形象，从而助力我国优质企业的全球化经营获得国际认可。

鼓励、引导和推动企业打造优秀的品牌，是一项长期、艰巨而又富有挑战性的工作。中国企业评价协会将与在座的各位和社会各界共同携手，努力推动中国企业品牌形象的构建，积极促进我国品牌企业走出国门，为实现中华民族复兴的伟大“中国梦”做出应有的贡献！

品牌竞争力在于文化自信

品牌竞争也表现在品牌文化的竞争，强化品牌竞争力需保持品牌自信、文化自信，对此，中国管理科学研究院常务副院长卢继传在会上进行了专题讲解。

什么是文化，什么是文化要素？文化范围非常广泛，涵盖人类社会文明，包括物质文明、政治文明、精神文明等。文化具有鲜明的民族性和特定的阶级性。文化要素主要有两点：第一精神要素，即精神文化，任何人的行动都与利益诉求、价值观念有关；第二，规范体系，即国家明文规定的法律、制度、纪律条文、群体组织的规章制度等。文化要素是品牌的灵魂和支撑。

“中国印·企业品牌竞争力评价标准”以大熊猫作为标识，体现了中华民族的特色文化。中国熊猫已成为世界自然基金会的形象标志，世界各国都渴求中国赠送“中国熊猫”。

熊猫已成为一种文化符号，成为世界文明

台湾地区小朋友为巴斯作画

的象征，中国品牌评价标准以大熊猫作为标志，符合文化要素，代表中国气派。

中国品牌评价标准以大熊猫作为标识，要进行传播、培育、引导。不仅要发挥市场的作用，更要发挥政府、企业、社会的作用，科学管理，持之以恒。

文化以人为对象，始终着眼于人的品格与素质。文化影响的过程让人变得更优秀、更有创造力。文化自信的内容包括对中国传统文化、社会主义文化、马克思主义理论的肯定、领悟和创新。文化自信的核心是人文自信。文化自信的要义在于精神自信，而精神自信在于价值自信，都是为了重塑和提升当代中国人的精神。今天，社会主义核心价值观是中国人精神的表述。

“中国印”
是中国品牌、文化的创造

“中国印”的原型是大熊猫巴斯，具有世界和平文化主题，对此，国务院发展研究中心中国企业评价协会李春伟秘书长在会上作了阐释，李春伟阐释了中国印产生的背景及熊猫巴斯作为国家品牌形象的意义，提出在万物互联的智能化时代，中国印传递中国品牌的质量、技术、价值、文化等综合信息，传递和谐和平文化，促进我国品牌、品牌经济安全发展，让中国品牌更有价值，让中国印品牌成为“全国全世界人民的共同财富”。

“中国印·企业品牌竞争力评价标准”的研究、制定、评价、认证和发布，是在经过近10年品牌建设基础上的创新理论成果。

2017年中国企业评价协会将把“让世界分享中国印”定为企业品牌价值提升的目标，从而推进品牌建设，实现企业产品的价值链升级，将具有品牌竞争力和品牌价值的中国好制

期盼生日

造和中国好品牌烙上“中国印”，使中国企业提升品牌核心竞争力，赢得国际产业高附加值的话语权。

2016年6月，国务院办公厅发布［2016］44号文件。为使具有国际竞争力的中国品牌，分享国际产业价值链中的高附加价值成果，实现“发挥品牌引领作用，推动供需结构升级”的发展要求。

2016年11月18日，中国企业评价协会成立品牌评价专业委员会，邀请国家著名品牌专家召开“中国印·企业品牌竞争力评价指标体系”专家评审会，研究制定“中国印·企业品牌竞争力评价标准”，会上一致确定了具有世界和平主题和中国特色的品牌价值评价标准认证标识“中国印”的原型，即大熊猫巴斯，它是极富中国特色的和平文化形象使者。

巴斯，是亚运会熊猫盼盼的原型，它从7岁起就成为国家文化使者进行国际友好交流，今年已经37岁高龄。它不仅为生物科学的研究与发展多次创下世界之最，也为人类文化的传承做出巨大的贡献，对世界和平的发展起到了积极的推动作用。巴斯的故事已经载入“巴斯时代”，它将继续为中国打造传递真诚与和平的品牌文化IP。

2011年中国社会科学院开展了《中国人自个儿品牌标准化工程体系》的理论研究，将巴斯的形象设计为引领中国品牌走向世界的“国宝标”，并进行知识产权保护，同时把“国宝标”的文化内涵定立为“自尊、自强、自信、自立、诠释中国梦”的理念。与此同时，中国社会科学院市场学会品牌管理专业委员会基于当时中国企业大部分还处于附加价值较低的制造环节这一现实，开展了提升中国企业品牌竞争力的研究。经过5年的市场监测，并融合了中国企业品牌竞争力指数（CBI）的理论与实践成果，从而最终发布了中国唯一品牌指数蓝皮书，为企业品牌的建设者、品牌的创造者和消费者提供了共同的企业品牌评价指南。2015年5月，《中国制造2025》提出了“不断提升企业品牌价值和中国制造整体形象”的品牌建设要求。在这一要求的感召下，新华网创作了《巴斯，向世界人民问好》国家品牌形象宣传片，并于2015年9月22日在美国纽约时报广场的中国屏向世界播放。

中国企业评价协会制定“中国印·企业品牌竞争力评价标准”，是希望已经成为优秀品牌的企业能够持续提升，进而带动中国企业的品牌化进程；为正在努力经营品牌的企业树立榜样，共同为中国打造更多经得起考验的世界级品牌；正在经营品牌文化的企业也能够通过对品牌评价标准的动态参照，确立企业品牌的发展方向，更好地打造自己的产业 IP。

“中国印”这一形象的确立，代表着引领中国品牌的中国印记将从此走向世界，在国际舞台上呐喊出“中国智造”的强音，不断提升中国企业品牌的国际形象和地位，打造最具世界竞争力的中国品牌，为传递“中国梦”的时代力量做出伟大的贡献！

美丽的巴斯

“中国印·企业品牌竞争力评价标准”是中国特色科研成果

国务院发展研究中心研究员、中国企业评价协会专家委员会主任李兆熙针对“中国印·企业品牌竞争力评价标准”的制定和管理办法进行了系统的解读。

企业品牌竞争力评价标准体系有四个基础：以价值构成理论和品牌资产评价理论为基础；以国内外现有的研究成果为基础；以探悉品牌内涵特征本质属性为基础；以深入探悉品牌价值来源构成并揭示品牌成长规律为基础。还有两个依据：依据品牌竞争力概念界定；依据国内外对于企业品牌价值来源构成和影响因素的理论分析。

在对国内外现有企业品牌竞争力评价方法和评价模型进行比较的基础上，分解企业品牌竞争力评价各维度，根据已分解的维度，按照代表性、系统性、有效性、实用性、普适性和可测性的原则选取评价指标，并对指标进行释义。在此基础上，通过评价指标指数体系的转换和权重的确定，最终确定企业品牌竞争力评价的模型和计算方法。模型包括 4 个一级指标、12 个二级指标和 30 个三级指标。

根据国办发〔2016〕44 号文件精神，2017 年先选择 12 个产业（食品加工产业、优质农产品产业、养老养生产业、旅游度假产业、家电产业、家具产业、汽车产业、电子产业、数字出版产业、网络视听产业、战略性新材料产业、零部件生产产业）的企业品牌竞争力进行评价，以后逐步展开。在评价的基础上，将对产业、企业的品牌竞争力进行排序和报告，并据此对企业品牌管理和品牌发展提出意见和建议。

“中国印·中国企业品牌竞争力评价标准”的诞生，得到了国务院发展研究中心、中国社会科学院的大力支持，凝聚着中国企业评价协会、中国市场学会品牌管理专业委员会的领导和专家们的智慧、心血，凝聚着社会上各有关专家学者及所有参与者的智慧和心血。该标准得到了众多企业、企业家的支持、帮助和参与。该标准是中国企业品牌竞争力评价研究的开创性学术成果，是中国品牌建设学术界和企业界的共同财富。

发布“中国印·企业品牌竞争力评价标准”，标志着“中国印·企业品牌竞争力”评价活动正式启动，为质量卓越的中国制造和中国新经济烙上“中国印”，让中国印引领中国品牌发展，让中国品牌更有价值，让世界分享中国印。

寻觅

以中国印实现品牌强国的中国梦

多少年以来，“Made in China”贴在中国产品上，被国外消费者认为是中国的商标。长期以来我国诸多产品，尤以出口产品，大多是贴洋品牌生产。因此，中国被冠上“品牌弱国”，中国的生产力被称为廉价的“打工仔”。现在，中国已进入世界经济大国行列，但仍未改变“品牌弱国”的现状。经过10年的努力，“中国印”就是向世界讲和平品牌、文化品牌的故事，传播中国“品牌强国”的声音，是中国制造在世界上对中国国家品牌形象和中国文化软实力的强有力的展示。

中国印·企业品牌竞争力评价标准的构建思路是科学地、系统地、客观地计算出其品牌的竞争力和价值，使“中国印”企业品牌实现价值化、金融化和市场化。通过系列标准的评价，为优秀的中国企业和中国品牌烙上“中国印”。

10年培育，铸就“中国印”，旨在为消费

者提供消费指南，为投资者提供投资指导，让中国好制造、好产品、好品牌烙上“中国印”，为我们中国人争取世界品牌话语权。我们要用自个儿的力量，来实现中国品牌强国的中国梦。

让世界分享中国印

让世界分享中国印，是着眼当前中国“经济大国，品牌弱国”的局面，避免中国品牌在国际竞争中失去后发优势，为国家品牌成为各行各业企业品牌和产品品牌获得全球利益重要载体，实现民族伟大复兴的长远战略；让世界分享中国印，是为具有品牌竞争力和品牌价值的中国好制造和好品牌烙上中国印，改变“Made in China”中国低端制造的品牌整体形象，发挥品牌引领作用，促进供需结构升级；让世界分享中国印，是要讲好巴斯的故事，传递中国真诚的和平文化，让“和平图腾”所带来的世界价值，转化为我们中国文化的发展、经济的发展、创新与创造的发展。让世界分享中国印，是我们每个人的时代责任。

《让世界分享中国印》宣传片解说词

大熊猫，它正温和优雅地走来。它在地球上生存了至少 800 万年，被誉为“活化石”和“中国国宝”，是世界生物多样性保护的旗舰物种。作为国家对外交流的友谊使者，它，代表着中国。正面走来的大熊猫，美丽而健康，正是当今世界现存 2000 多只大熊猫家族中的 Superstar——巴斯。它以 37 年的传奇经历和友好智慧形象，担当起了远播世界和平文化的重任，是中国人民向往和平的图腾，是全世界人民共同的财富。

品牌——是一个多么醒目耀眼的词汇，文化、经济、科技，企业、民族、国家，都需要品牌的力量。今天，世界各国经济与文化此消彼长，已然进入了国家品牌博弈的时代。提升国家品牌价值，壮大民族品牌实力，变得刻不容缓。中国 GDP 世界第二，Made in China 戴了多年“劣质、便宜”的帽子，据

2014 年的资料显示，发达国家品牌产品所创造的价值占 GDP 的比重大约在 60%，而这个数字在中国却不足 20%。令人可喜的是，华为、北斗、阿里巴巴、腾讯、中国南车、北车等本土企业，正以“中国这头狮子已经醒了”的姿态，悄然改变着“品牌弱国”的国家形象。

巴斯，古老而鲜活，是中国一个鲜明的文化品牌，与企业品牌理论系统建构相伴成长，与国家品牌战略发展方针关联耦合、相得益彰。

1980 年，巴斯出生在四川省宝兴县一带，1984 年被发现并到福州熊猫世界安家。同年前后，国家加大改革开放步伐，创办经济特区、开放沿海港口城市、建立沿海经济开放区，推动了民族品牌企业的诞生及走出国门。

1987 年，巴斯赴美国访问半年，轰动了整个西海岸。

1990 年，巴斯成为北京亚运会的吉祥物——“盼盼”的原型。同年 10 月，时任福州市委书记的习近平，作出“大熊猫不仅是福州的，也是全国全世界人民的共同财富”的指示。

巴斯在美国圣地亚哥

1991年，巴斯应邀参加央视春晚表演节目。接下来10多年，先后赴全国各地巡演展出，成为家喻户晓的品牌。

2008年和2009年，《相信品牌的力量》《中国人自个儿品牌》公益广告在中央电视台播出，发出“让世界分享中国印”的声音。

2010年5月22日，世界生物多样性宣传日，中央电视台用近三分钟新闻报道了巴斯30岁生日。

2011年，中国社科院与巴斯认养机构联合开展《中国人自主品牌标准化工程体系》十二五重点课题研究，自2011年连续每年监测全国上市企业，发布《中国企业品牌竞争力指数（CBI）报告》蓝皮书，全套12门品牌管理教材相应推出，品牌价值（CBV）体系逐渐成熟。

2014年5月，习近平作出了“推动中国制造向中国创造转变、中国速度向中国质量转变、中国产品向中国品牌转变”的重要指示。国家“十二五”列入质量品牌建设重点规划。

2015年3月，国务院总理李克强强调“依托中国品牌，推动中国制造由大变强”；5月，《中国制造2025》发布，提出“不断提

出门

升企业品牌价值和中国制造整体形象”。

2015 年 9 月，国家主席习近平访美之际，巴斯以 3D 数字影像的形式，在纽约时报广场向世界人民问好，传播中国形象。同年 11 月，为先后经历并战胜了白内障等多个疾病的 35 岁高龄的巴斯举办全球庆生活动，生物巴斯向文化巴斯华丽转身，引起世界各界人士对和平品牌的关注。

2016 年 6 月，国务院办公厅提出“发挥品牌引领作用 推动供需结构升级的意见”，明确指出“品牌是企业乃至国家竞争力的综合体现，代表着供给结构和需求结构的升级方向。”

2016 年，国务院发展研究中心中国企业评价协会完成了对中国企业品牌评价标准的全面论证，品牌评价专业委员会正式成立，中国印品牌评价指标体系构建完成。

大熊猫巴斯，37 年来以和平使者与文化使者的身份，跨越国界为世界人民打开了一扇爱心之门，它用生命树立世界和平品牌，创造了健康百年的历史。它以智慧、勇敢、友好、信赖，诠释了自信、自强、自尊、自立的品牌强国之梦。

大熊猫巴斯，从大梦山走来，用它相当于

人类百年的生命，呈现“中国印·企业品牌竞争力价值评价标准”硕果，引领中国品牌走向世界。

大熊猫巴斯，它以国家品牌的形象，正智慧自信地走来，让世界分享中国印！

中国印石碑

向所有爱护巴斯的人们致敬！

My tribute to all the people who care for Basi!